脚本・徳尾浩司　一戸慶乃
ノベライズ・蒔田陽平

●●

金曜ドラマ

ライオンの隠れ家

（上）

扶桑社文庫
0835

本書はTBS系金曜ドラマ『ライオンの隠れ家』のシナリオをもとに小説化したものです。

小説化にあたり、内容には若干の変更と創作が加えられておりますことをご了承ください。

なお、この物語はフィクションです。実在の人物・団体とは関係ありません。

プロローグ

激しい雨が降っている。

鬱蒼とした森の中を貫く砂利道を、暗い空からあふれた雨粒が容赦なく叩きつける。音を立てて水溜まりで雫が弾ける。

雨に煙った道の向こうから、二つの人影が駆けてくる。

三十代半ばくらいの女性と五、六歳の男の子の親子連れだ。

ふたりとも体中ずぶ濡れだが、母親は歩をゆるめるどころかさらに足を早める。

「ハァ……ハァ……ハァ……」

母親の息が切れはじめた頃、ふいに視界が開けた。

森を抜け、深い谷の端に出たのだ。十数メートル下を大きな川が流れている。

向こう端までは細い橋が架かっている。ふたりがギリギリ横並びになれるくらいの幅しかなかったが、母親は躊躇なく息子の手を引き、渡りはじめる。

橋の中央で立ち止まり、胸の高さのフェンスから下を覗く。

普段よりもかなり水かさが増しているのだろう。茶色くにごった水がうねりながら、勢いよく流れていく。

怯えたように息子が腰に抱きついてくる。

母親は息子を引き離すと、泥に汚れた靴を脱がせた。きれいにそろえて橋に置き、その隣に自分の靴も並べる。

母親はしゃがむと、息子の両肩に手をかけた。見上げた息子が母親に何か言ったが、その声は激しく降りそそぐ雨音と濁流の轟音でかき消される。

「……」

やがて、母親の手がゆっくりと息子の細い首へと伸びていった——。

1

広大な河川に抱かれた街、茨城県浦尾市に朝がやってきた。

住宅が密集する三角州の街並みを日の光が照らしていく。川沿いの車道から内地の方向へと路地が続いており、突き当たりは石垣が組まれ土地が数段高くなっている。

その上に建つ瓦屋根の家の二階で、起床のアラームが鳴り始めた。

7時　　　おきる
7時5分　かおをあらう
7時10分　きがえ
7時15分　あさごはん
7時45分　はみがき
7時55分　お父さんお母さんにあいさつ
8時　　　いってきます！

小森洸人と美路人、兄弟ふたりの日常は凪のように静かだ。

波風を立てることなく、毎日同じことを同じ順番で淡々とこなしていく。

冷蔵庫の横のホワイトボードに書かれたルーティンにチラと目をやり、洸人は朝食の支度にとりかかる。トーストと目玉焼きとソーセージ、そして牛乳。いつもと変わらぬ朝食を用意し、美路人を呼ぶ。

「いただきます」と美路人が手を合わせ、洸人も続く。

美路人は紙パックからコップへと牛乳を注ぎはじめた。

朝の牛乳は二〇〇ミリリットル。それ以上でも以下でもいけない。

コップに視線を集中し、自分で決めている線までゆっくりと慎重に牛乳を注いでいく。

一方、洸人はトーストを食べながら文庫本を読んでいる。つけっぱなしのテレビからにぎやかな朝の情報番組が流れているが、特に気にはならない。

牛乳を注ぎ終えた美路人は、器用に箸を使い、目玉焼きの白身と黄身を分けていく。白身から丸い黄身を完璧にくり抜くと、満足したように食べはじめる。

『――そして今日、最も悪い運勢なのは……ごめんなさい。おひつじ座のあなたです。予期せぬ状況に陥ってしまうかも』

テレビから聞こえてきたアナウンサーの声に、洸人が本から顔を上げた。画面に映るランキングを見つめ、「マジか……」とつぶやく。

すかさず美路人が楽しそうに言った。

「おひつじ座は最下位です。お兄ちゃんは最下位です」

『人間関係のトラブルには要注意です！』

テレビの占いなど気にしたことはないが、仕事柄人間関係のトラブルはまずい。洸人は体をテレビへと向け、画面を注視する。

『そんなあなたのラッキーアイテムは……』

ラッキーアイテムは……？

『ライオンです！』

大好きな動物の登場に、美路人が興奮気味に復唱する。

「ライオンです！」

「……アイテムじゃないだろ」

ツッコみつつ、体をもとに戻したとき、誤って目の前のコップを倒してしまった。

「ああーっ、ごめん！」

テーブルに広がっていく牛乳を見て、美路人は頭を抱えた。

「あ、あ、トラブルです。トラブルです！」

やれやれとため息をつき、洸人は布巾でテーブルを拭きはじめる。

どうにか落ち着きを取り戻して食事を終えた美路人は、和室へと移動し、仏壇の前に正座する。亡き父母の遺影に手を合わせ、言った。

「お父さん、お母さん、行ってきます」

写真のふたりは優しげに微笑んでいる。

そこに洸人が顔を出した。手にしたリュックを差し出しながら美路人に告げる。

「車、来てるよ」

「はい」

立ち上がり、美路人がリュックを受け取る。リュックにぶら下がったビニールポーチの中には、シュノーケリングで使うようなゴーグルが入っている。

ふたりそろって玄関を出る。十段ほどの石段を下りた家の前の通りには、一台のワゴン車が停まっている。

『プラネットイレブン』とプリントされたドアが開き、車の中から「みっくん、おはよう」という声がかかる。三列に並んだシートには美路人の同僚たちが乗っている。皆、美路人と似たような発達障害を抱えている。他者とのコミュニケーションが苦手で、自分の世界や独自のルールに強いこだわりを持つのがその特徴だ。

洸人とハイタッチをしてから「おはようございます」と美路人がワゴン車に乗り込む。

洸人は開いたドアから運転席を覗き込み、「よろしくお願いします」とハンドルを握るドライバーに告げる。

ドアが閉まり、ワゴン車はゆっくりと走り去っていく。

「よし」とうなずき、洸人も近くのバス停へと歩きはじめる。

勤務先の浦尾市役所までバスで十五分。歩けば三十分弱。健康を維持するための運動という意味でもちょうどいい距離なので、仕事に余裕がある日は歩いて通う。

洸人が歩き出すのを見計らったように、一台の車が小森家の前を通りすぎる。すぐに車はスピードを落とし、小森家から少し離れた場所に停まった。

運転席にいるのは三十歳くらいの男だ。車から出ることなく、フロントガラス越しに小森家の様子をじっとうかがっている。


「おはようございます」

すれ違う人たちに挨拶しながら勤務する福祉課に向かってフロアを進んでいると、「小森さん、小森さん」と声をかけられた。コピー機の前で牧村美央（まきむらみお）が手招きしている。

「おはようございます。いいとこに来た！」

いたずら好きの小動物のようなつぶらな瞳が輝く。

「どうしました？」

「これ、完全に詰まっちゃって」

「ああ……」

美央が場所を空け、しゃがんだ洸人がコピー機の内部を覗き込む。奥のほうに詰まった紙が見える。美央が無理やり取ろうとしたのだろう。半分ほどに破れ、くしゃくしゃになっている。

「最近、調子悪いんすよ。もう寿命なんですかね？」

「そうかもしれないね……」

洸人はコピー機の奥に腕を突っ込み、思いっきり紙を引き抜いた。

「小森さん、腕、腕、腕！」

美央に指摘され右腕を見ると、まくったシャツの袖がインクで黒く汚れている。

「あああ……！」

「これ、すぐ染み抜きしたほうがいいです。私、持ってきます！」

くるっと踵(きびす)を返した背中に、「あ、いい。いい。大丈夫……」と声をかけるも美央はまるで聞いちゃいない。そのままバタバタと駆け去っていく。

入れ替わるように同期の貞本洋太（さだもとようた）がやってきた。

「小森、ごめーん。朝の窓口代わってくれない？」

「えっ。あ、今？」

「課長に呼ばれちゃってさ。てか腕どうしたの、それ？」

洸人は袖の汚れを気にしながらも、「あ、うん。いいよ」と承諾する。

「昼、冷や奴おごるからさ」

「いや、いいよべつに」

洸人はデスクにカバンを置くと、『浦尾市役所』と書かれたジャンパーを羽織って窓口へと向かった。


「ねえ、なんで支給停止なの⁉」

窓口の前でヤンママ風の二十代女性が大きな声をあげた。とてつもなく理不尽なことを言われたかのように眉間にしわが寄り、洸人を見る目がきつくなる。

「こちらから何度も求職活動報告書を出されるようにお願いしましたけど、何か月も提出されませんでしたよね？」と感情を刺激しないよう穏やかな表情で洸人がうかがう。

「はあ？　だから何？　うち子ども三人もいるの。どうやって暮らせっつーの？」

「もし、子育てでご不安な点がございましたら、子ども支援課にご相談いた――」

「今そんな話してないよね？」

ヤンママは怒りに任せて洸人をさえぎり、「ああ、ホント使えないこの人！」と周囲に訴えるようにさらに声量を増す。

「子どもが飢え死にしたらあんたのせいだからね！」

洸人は表情を変えずに受け流し、一枚のチラシを差し出す。

「こちら、子ども食堂のご案内なんですが――」

「だからぁ！　あんたみたいに楽して生きてる人にはわかんないだろうけどさ、こういうことじゃないんだけど！」

頬がかすかにひきつるも洸人は感情を押し殺し、ヤンママの怒りを受け止める。


本日の定食のトレイを置いてテーブルにつき、洸人はふぅと息をついた。

「楽になんか、生きてないし……」

朝、窓口で呑み込んだ言葉がふとこぼれる。

定食のトレイを持った美央と貞本がやってきて、同じテーブルにつく。「サンキュー冷や奴です」と貞本が小鉢を洸人のトレイに移す。

「ありがとう」

そのやりとりを見ながら洸人の左横に座った美央が言った。

「さっきの人、うちの子ども支援課でもトラブルになったことがあるんすよ」

「あ、そうなんだ」

「生活保護のお金を全部パチンコに使っちゃって。しかも子どもを家に放置してて……一回ネグレクトで指導入ってるんです」

「虐待かぁ……つれえ」

貞本に美央が強くうなずく。「子どもが犠牲になるのはホント許せないです」

「俺は毎日一秒でも早く帰って子どもと遊びたいからな。そういうの全然わかんねーわ」

「貞本さん、おっきい赤ちゃんみたいですもんね」

「あ、そう?」

なぜか照れる貞本に美央がツッコむ。

「褒めてないです」

ふたりの会話を黙って聞いていた洸人がボソッとつぶやく。

「……それだけ追いつめられてたってことなのかな」

「え？」

「どゆこと？」

怪訝そうなふたりに、洸人は言った。

「いや、あの人も全部から逃げたくなるくらい、何かに追いつめられてたのかなって」

「そうかもですけど……」

あれほどの罵詈雑言を浴びたのになおも相手をかばおうとする洸人に、美央はなんだかイライラしてしまう。

貞本は半ばあきれながら洸人に言った。

「お前、優しすぎじゃね？」

「……そうかな」


午後5時。洸人はすばやく帰り支度をすると、「お疲れさまです」とデスクを離れる。

福祉課を出たところで、老齢の女性から声をかけられた。

「ちょっとお兄さん、これで合ってるかしら」と書類を差し出してくる。

「あ、はい」と受け取り、洸人は彼女を窓口に案内する。

老婦人の書類の処理を終え、洸人は庁舎を飛び出した。駆け出そうとしたとき、掲示板にポスターを貼ろうとしていた若手職員が声をかけてきた。

「あ、小森さん、すいません！　ちょっと端っこ押さえててもらえませんか？」

「あ、はいはい」

洸人はポスターを押さえながら、腕時計をチラと見る。

あー、まずいな。早く行かなきゃなんだけど……。

「あー！　曲がってる」

いや、だから急いでるんだって！


デザイン会社『プラネットイレブン』の作業フロアは自由な雰囲気に満ちている。会社というよりも子どもたちの絵画教室に近いかもしれない。所長の船木真魚(ふなきまお)は芸術的なギフテッドが多い発達障害の人たちの雇用に積極的で、彼らに好きなように絵やイラストを描かせ、それを商業的価値のある「仕事」へとうまく昇華させるのだ。

そんなフロアの片隅で、美路人は過ぎていく時間を数えている。

「17時31分35秒、17時31分36秒、17時31分37秒……」

階段を駆け上がり洸人が飛び込んできた。息を切らせながら、美路人へと歩み寄る。

「みっくん、ごめん……！」

洸人が片手を美路人の前に出し、ふたりはハイタッチをする。

「今日は一分四十二秒の遅刻です。遅刻はいけません」

「ごめん。ちょっと遅れた」

洸人に気づいた船木が、「あ、お兄さん、ちょっと」と声をかけてくる。「みっくんからこの話聞きました？」と船木は一枚の絵を洸人に見せた。

ライオンの家族が描かれている。そのタッチで一目瞭然、美路人の絵だ。

「なんのことですか？」

心当たりがない洸人が訊ねると、船木は誇らしげに報告する。

「なんと！　みっくんのこの絵が、あさがお動物園の新しいポスターに採用されることになりました！」

同僚たちから美路人を称える拍手が起こる。

うれしい驚きに目を見開いて、洸人は美路人を振り返った。

「すごいじゃん、みっくん！　なんで教えてくれなかったの⁉」

「お兄ちゃんにライオンの話はしてはいけません。お兄ちゃん、動物の話はお腹いっぱいです」

「……ああ」と思い当たり、洸人は苦笑を浮かべる。

会社を出て、大きな川に架かる橋を美路人と並んで歩きながら洸人は言った。

「たしかに毎日動物の話ばっかりだとお腹いっぱいって言ったけど、ときどきならいいよ」

「ときどきはいつですか？　今日ですか？　明日ですか？　明後日ですか？」

「いやいやいや、決まりはないいんだけどさ」

「決まりはないいんだけどさ」

「あ、ポスターになったライオンはどんなライオンなの？」

洸人が訊ねると、美路人は号砲を耳にした短距離走者のように一気に話しはじめる。

「あさ、あさがお動物園にはアフリカライオンのオス、ゴータ七歳がいます。ライオンはネコ科のなかで唯一プライドを作って暮らす動物ですが、ゴ、ゴータは一頭だけで暮らしています。このプライドでは――」

「ちょっと待って」と洸人がさえぎる。

「はい」

「プライドっていうのは、縄張りのことだっけ？」

「違います。縄張りのことではありません。群れのことです。メスの子どもライオンはプライドに残りますが、オスの子どもライオンは成長するとプライドを追われます」

話しながら美路人は曲がり角で立ち止まった。洸人はそのまま歩いていく。しばらく行って、ようやく気がついた。

「みっくん?」

振り返り、曲がり角で佇む美路人を見て、つぶやく。

「あ、今日は木曜だっけ」

急いで戻ると美路人はまだライオンの話を続けていた。

「リーダーのライオンはプライドを守るために定期的に見回りをします。声や尿で自分の縄張りをアピールし……」

洸人が合流すると美路人はふたたび歩きはじめる。ふたりは角を曲がり、その先にあるスーパーマーケットへと入っていく。

買い物を終え、洸人と美路人は店を出た。特売だったトイレットペーパーを抱えた洸人の両手はふさがっているが、美路人の手にあるのは単語帳のような色見本カードのみ。それをめくりながら、何やらブツブツとつぶやいている。

「みっくん」

「はい」

「色の確認もいいけどさ、これ一つ持って」

洸人はトイレットペーパーの袋を一つ渡そうとするも、美路人は店の前に停められた独特の色合いの子ども用自転車が気になり、しゃがみ込んでしまった。

その配色のパーセンテージを推測し、色見本カードで確認していく。こうなってしまうと、もうこっちの言うことなど耳に入らない。

やれやれと苦笑し、洸人は弟が満足するまでその場で待つ。

確認を終え、「合ってました」と美路人が微笑む。

「お、合ってた?」

今度はカゴの中のヘルメットの色の確認が始まったので、さすがにうながす。

「みっくん、行くよー」

小石を蹴りながら歩く美路人の後ろをトイレットペーパーと買い物袋を持った洸人がついていく。

空から「ミャアミャア」と猫のような鳴き声が降ってきて、洸人は顔を上げた。白い鳥が空を舞っている。

「あ……カモメ」

美路人が見上げ、言った。

「違います。カモメ科のウミネコです」

「海じゃないんだけどねえ」

ここ、浦尾市は関東平野をまたぐ広大な川の下流域にある小さな街だ。その姿は雄大で、対岸ははるか遠くにあり、一瞬海辺にいるのではないかと錯覚しそうになる。とはいえ、川は川だ。海ではない。

洸人のつぶやきに、美路人が返す。

「海じゃなくてもウミネコはウミネコです。どこで飛ぶかはウミネコの自由です。ウミネコだって違う景色を見たいとき、あります」

洸人は空を見上げ、つぶやく。

「違う景色かぁ……」

昔は違う景色を見たいと思ったこともあった。

いつからだろう。

何も変わらないことが何よりも大事なことになったのは……。

かろうじて『和食　洋食　中華　とら亭』の文字が読める古い布看板の下、甚兵衛姿の吉見寅吉（よしみとらきち）が店の前の植物に水やりしている。

そこに洸人と美路人が通りかかる。

「おう、お帰り～」

のんびりとした声をかけられ、美路人が返す。

「寅じい、こんにちは」

洸人は「ども」と小さく会釈。

「あれっ、今日って飯の日だったか？」

焦った顔になる寅吉に美路人が言った。

「今日は木曜日なので食べません。とら亭でご飯を食べるのは月曜日水曜日金曜日です」

「だよな。最近、なんでもパッと忘れちゃうからよ」

「では、さようなら」

ペコリと頭を下げ、美路人はふたたび石を蹴りながら歩き出す。

美路人を先に帰らせた洸人が寅吉に言った。

「今月の食費は明日払うでもいいですか」

「んなの、いつだっていいんだよ」と好々爺然とした笑みを浮かべながら寅吉が返す。

「いや、そんなわけには」

「俺の葬式のときでいいんだよ。こっちも生活に張りが出て助かってんのよ」

そのとき、道の向こうから美路人の叫び声が聞こえてきた。

「あ、あ、あああああー！」

「みっくん⁉」

洸人は「じゃ！」と寅吉と別れ、美路人のほうへと駆け出した。

美路人は石段を上ったところで立ちすくみ、恐怖で体を震わせている。

「中に人がいる！　中に人がいます‼　中に人がいます‼」

「えっ⁉」

洸人はおそるおそる家のほうを覗く。しかし、人の姿はない。

「……誰もいないよ？」

「？」と洸人の背中に隠れながら美路人も覗いてみる。

周囲を見回し、縁の下へと視線を移し、洸人は叫んだ。

「うぉああっ‼」

リュックを背負った五歳くらいの男の子が潜んでいたのだ。茶色いぬいぐるみのようなものを抱え、じっとこっちを見つめている。

美路人は恐怖のあまり、「あ、あ、あ……」と口をパクパクさせている。

我に返った洸人が、様子をうかがうようにじりじりと男の子に近づく。

「どうしたの、君……迷子？」

男の子は黙って首を横に振った。

「お父さん、お母さんは？」

「知らない」

「どこから来たのかな……？　おうちは？」

「知らない」

「え……」

どういうことだ……？

戸惑う洸人の後ろで、美路人はゴーグルを装着して、外界からの情報を遮断する。

しかし、それでもストレスは減らず、「うう、うう、うう――っ……！」とその場にしゃがみ込む。

そんな美路人を気にしつつ、洸人はなおも男の子に問いを重ねる。

「お名前は？」

男の子は抱いているぬいぐるみを見て、言った。

「……ライオン！」

「えっ……⁉」

男の子は縁の下から這い出て、洸人の前に立つ。

「だから、ライオン！」

「……ライオン？」

どういうことだ……？

「えーっと、それはホントの名前かな？」

「……おしっこ！」

男の子が唐突に叫んだ。

「え、なに？　おしっこ⁉」

「おしっこしたい。おしっこ‼」

切羽詰まったようにその顔がゆがむ。

「あ、待って待って、我慢できる⁉」

洸人が慌てて扉を開けると、男の子は玄関に靴を脱ぎ捨て、疾風のように家の中へと駆け込んでいった。

「そこ上がって、右だよ！」

トイレの場所を教えながら、その後ろ姿を洸人は呆然と見送る。

凪のようなふたりの暮らしに小さな石がポトンと落ちた。ゆっくりと水面に広がっていく波紋が、やがて大きな嵐を巻き起こすことを、洸人はまだ知る由もなかった。

※

「ああああ」

ゴーグルをした美路人が手で両耳をふさぎながら、ぐるぐると不安そうに居間を歩き回っている。

「知らない人が家にいます。知らない人が家にいます。知らない人が家にいます……」

「大丈夫、大丈夫、みっくん。まだ小さい子どもだから」

洸人がなだめるも美路人の動揺は収まらない。

「落ち着いて、みっくん！」

美路人は居間の奥にあるカーテンで仕切った自分の部屋に逃げ込み、頭から毛布をかぶった。

「バーバリライオン、ケープライオン、ヨーロッパライオン……」

つぶやきつづける美路人の様子をうかがいつつ、洸人は男の子のことも気になる。

「そこにいてね」と美路人に声をかけ、トイレへと向かう。

ライオンと名乗った男の子はライオンのぬいぐるみを便座に座らせると、メモ帳をポケットから取り出し、開く。

書かれていることを頭の中で繰り返していると、ノックの音がした。

「大丈夫？　おしっこ間に合った？」

洸人が訊ねるも反応はない。

「……どう？」

しばらくするとジャーと水を流す音がして、ドアが開いた。トイレから出たライオンが洸人に言った。

「おしっこ、出た」

「じゃあ、お父さんとお母さんを捜しにおまわりさんのところに行こうか」

差し出された洸人の手を、「やだ！」と振り払い、ライオンは廊下から居間を抜け、美路人の部屋へと駆けていく。

「あ、そっち行っちゃダメ！」

美路人の部屋は色にあふれていた。カラフルな画材や色見本、さまざまな画集などがそこかしこに置かれている。

保育園や娯楽施設の遊び場にも似て、ライオンの目にはとても魅力的に映った。

「これ、なぁに？」

自分の城への突然の闖入者に美路人はパニックになり、「あ、あ、あぁぁあああっ！！」と叫びながら部屋から逃げ出した。

「みっくん……」

いっぽう、何が起きたのか訳がわからず、ライオンはポカンとその場に佇んでいる。

美路人が和室に逃げ込むのを見送り、洸人はライオンへと歩み寄った。

「君、ここに勝手に入ったらダメでしょ」

「……ごめんなさい」

「おしっこ済んだよね。おうちに帰ろっか」

「帰らない！」

「いや、お父さんもお母さんも心配するから」

「ここで暮らす！」

想定外の答えに、洸人の目が点になる。

「……は？」

「ここで暮らします！」

「いやいや、無理無理無理……！　そんなことしたらお兄ちゃんたち、おまわりさんに捕まっちゃうから」

ライオンは背負っていたリュックを下ろすと、ごそごそと何かを探しはじめる。

「聞いてる？　迷子なら一緒におまわりさんのとこ行かないと」

ライオンがリュックから取り出したのはスマホだった。

「はい！」と洸人にそれを差し出す。

「……僕に？」

受け取り、洸人はスマホの電源を入れた。起動すると同時にメッセージを受信する。

『X：じゃあ、あとはよろしく』

「！　あとはよろしく……どういうこと？」

ライオンはにこっと笑い、言った。

「お腹すいた！」

「……」


甲府南警察署生活安全課の個室で橘祥吾(たちばなしょうご)が行方不明者届出書を書いている。ネクタイと白シャツの上にたちばな都市建設と刺繍されたジャンパーを着た状態で、仕事場から直接来たであろういでたちだ。

書き終えた書類をチェックし、担当署員の勝野は言った。

「あとは本人の写真がありましたら」

祥吾はスマホの画像フォルダを開き、「これかな……いや、こっちのほうがハッキリ写ってるか……」と写真を選んでいく。

部屋を出ながら、祥吾は勝野に念を押す。

「あの……必ず捜してもらえるんですよね？」

「いや、あの、現時点でお約束は……」

「な、なんでですか？　もう三日も帰ってきてないんですよ。そんなこと、今までなかったんです」

勝野は申し訳なさそうに言った。

「行方不明の方は全国で八万人ほどおります。事件性が強く疑われないかぎりは、なかなか手が回っていないというのが現状でして……」

「つまり、警察は何もしてくれないってことですか？」

「何か進展がありましたら、すぐにご連絡しますので」

「何かあってからじゃ遅いんです！」

怒りを含んだ祥吾の声が生活安全課のフロアに響きわたる。そこに県警本部捜査一課の刑事、高田快児（たかだかいじ）が通りかかった。

行方不明者の家族か……。

よくあることなので、すぐになだめに入る。

「つらいお気持ち、お察しします。ここはいったん我々に任せていただいて、まずはお休みになってください」

高田の沈痛な面持ちに祥吾も怒りを収めた。

「……どうか、よろしくお願いします。お願いします!!」

高田と勝野に頭を下げ、祥吾はフロアを去っていく。

祥吾を見送り、高田は勝野の手から行方不明者届出書を取った。二枚の届出書の行方不明者の欄にはそれぞれ、『橘愛生（あおい）』『橘愁人（しゅうと）』と記されている。

母子か……。

「まあ、ただの家出でしょうね」

つぶやく勝野に書類を返し、高田も生活安全課を出ていく。

甲府南署前の路上で高田が出てくるのを工藤楓（くどうかえで）はじっと待っている。県警本部捜査一課の中堅刑事。ほどほどに正義感が強く、ほどほどに脇が甘い。情報源として握っておくのにちょうどいい人材だった。

　高田が署に入って二時間あまり、辺りはすっかり暗くなっている。そろそろ焦れてきたところでようやく出てきた。

　今だ……！

「うっ！」

　具合が悪そうに路上にうずくまると案の定声をかけてきた。

「どうしました？」

　楓は弱々しく顔を上げ、上目づかいで高田を見つめる。

「すみません……この辺で、食べれるとこってあったりしますか？」

「あ、飲食店ってことですか？」

「できれば、日本酒があるような……できればでいいんですけど」

「ネットで調べたほうがよくないですか？」

　冷静に返す高田を、「ネットはちょっと……」と楓は濡れたような瞳で見返す。

「……」

「お兄さんの行きつけの店とか……」

「えー、そうですね……」

少し考え、高田は言った。「じゃあ、ご案内しましょうか」

心の中で拳を握り、楓は高田に微笑む。

「ありがとうございます」


小森家の食卓でライオンがひとりカレーライスを食べている。隣のお誕生日席にはぬいぐるみのライオンが座っている。テーブルには洸人と美路人の分のカレーも置かれているが、ふたりの姿は席にはない。美路人は自分の部屋から出ようとはせず、洸人はスマホ画面のメッセージを凝視しながら、どう返信しようか考えている。

『X：じゃあ、あとはよろしく』

「この子の親が送ってきたのか？……あとはよろしくって、なに？」

画面にブツブツと話しかけていると、ライオンが洸人に向かって声をかけた。

「マヨネーズ！」

「ん？」と洸人が振り向く。

「マヨネーズかけたい！」

「カレーに!?」

カレーにマヨネーズって……。

戸惑いながらも洸人は冷蔵庫からマヨネーズを出し、ライオンに渡す。

「ありがと」

ライオンはチューブを両手で絞り、カレーにマヨネーズをかけはじめる。その様子を眺めながら、ふと以前にもこんな光景を見たような気がして洸人は首をかしげた。

「……ん？」

一瞬、脳裏に何かがよみがえった気がしたが、すぐにそれは消えてしまった。

洸人はふたたびカレーを食べているライオンを見つめ、そして返信を打ちはじめた。

『小森と申します。この子の親御さんですか？』

いっぽう、美路人は夕食の時間が過ぎているのが気になり、居間と自分の部屋を仕切るカーテンの向こうから食卓のほうをチラッとうかがう。

「……あ」

ライオンと目が合い、慌ててカーテンを閉める。

『迷子でお預かりしてます。連絡ください』

洸人がメッセージを打ち終えたとき、ライオンが席を立った。手つかずのカレー皿を持って、美路人の部屋のほうへと歩いていく。

「カレー食べないの？」と話しかけながらカーテンの前にカレーを置く。

送信を終え、洸人がふと食卓を見るとライオンがいない。

「えっ？」

ライオンは居間の片隅に置いたリュックから動物図鑑を取り出すと、ふたたび美路人の部屋の前に立った。

「これ、一緒に見よ」

カーテンが開き、美路人が顔を覗かせる。

洸人は慌ててライオンに声をかける。

「君、そっち行っちゃダメだって」

しかし、時すでに遅し。差し出された動物図鑑を見て、美路人はパニックになった。

ゴーグルを外し、興奮したように訴える。

「あ、あ、あっ！　これは僕の図鑑です！　僕の図鑑です！」

図鑑を奪おうとする美路人に、「やだ‼　引っ張んないで‼」とライオンも抵抗する。

「ああああ。待って待って、みっくん！」

しかし、ふたりの引っ張り合いは止まらない。

「もう見せない！」

「触ってはいけません。僕の図鑑です！」

「ちょちょちょ、君、離れて‼」

洸人が引きはがそうとするも、ライオンは抵抗する。

「ぼ――くの！！！！」

次の瞬間、図鑑が破れ、ふたりの手から離れた。宙を舞った図鑑は床に置かれていたカレーの皿にダイブ！

「あぁあああっ‼」

「あぁあああっ‼」

ふたりの悲鳴がリビングに響きわたる。

「あ、あ、あ‼　あああぁ！！！」

美路人はカレーから図鑑を拾い、手でカレーを落とそうとするが汚れはますます広がってしまう。

破れて汚れた図鑑を取り合うふたり。パニックになった美路人はその汚れた手でライオンの肩を突き飛ばしてしまう。

「いたっ‼」

「みっくん‼」

「あ、あ、あああっ!!」

うめきながら美路人は自分の頭を叩き出す。

「はいはい。落ち着いて、みっくん」と洸人が手を押さえると、今度は壁に頭を打ちつけはじめた。

「あぁぁああっ！！　あぁあああああっ！！！！」

洸人は強引に美路人を振り向かせ、その体を抱きしめた。

「はい、大丈夫大丈夫……みっくん、もう大丈夫だよ」

ライオンは美路人の常軌を逸した激しい振る舞いにポカンとしている。

美路人を抱きしめた洸人は、落ち着かせるために深呼吸をうながす。

「はい、吸って……吐いて……吸って……吐いて……」

腕の中で震える美路人のぬくもりを感じながら、洸人は八年前に交通事故で両親を亡くした頃のことを思い出す。

当時十八歳だった美路人は両親の死を受け入れることができず、精神的に不安定な時期が長く続いた。

些細なことで苛立ち、さっきのように壁に強く頭を打ちつけるのだ。そのたびに洸人は美路人を抱きしめ、辛抱強く弟が落ち着くのを待った。

あの頃を思い出すと、涙が出そうになる。

美路人も自分もギリギリの精神状態で、生きることに疲れ果てていた。

激しい嵐の中にいるような、あんな暮らしは二度とごめんだ。
二、三分経ったろうか、抗い続けていた美路人の力が弱まり、悲鳴のような叫びも収まってきた。
「ううう……ううう！！！」

はぁはぁと息を切らせ、涙ぐみながら洸人は美路人にささやく。

「……大丈夫。大丈夫だから」


風呂から上がった美路人が縁側の揺りイスに身を沈め、スマホで野生動物の動画を見ている。すでに落ち着きを取り戻してはいるが、まだゴーグルはつけたままだ。

いっぽう、和室に逃げたライオンはぬいぐるみを抱え、ぼんやりと座っている。

「君も、お風呂入るよ」

洸人に声をかけられ、「え？」とライオンが顔を向けた。

「あぁ……着替え持ってないか」

「ある」

リュックから下着を取り出すライオンを見ながら、洸人はつぶやく。

「……なんで持ってんの？」

洗面所に連れていき、ライオンが服を脱ぐのを手伝ってあげる。裾を持って引っ張ると、つるんとした脇腹があらわになる。白い肌に青紫色の痣が浮き上がっていた。

「……えっ？」

「ん？」

洸人は慎重に口を開いた。

「君さ……」

「キミじゃないよ。ライオンだよ」

「……ライオンくん……この痣、どうしたの？」

ライオンは自分の体の痣をチラと見て、洸人から顔をそむける。

「転んだ」

「……転んでもここに痣はできないよね？」

言葉に詰まるライオンに、洸人はさらに訊ねる。

「誰かに叩かれたの？」

「……」

「……ライオンくん？」

ライオンは振り向き、キッと洸人をにらみつける。

「うるさい。あっち行けや！」

「お、おおう……」

豹変したライオンに洸人は驚く。

なんで急に……？


ライオンを風呂に入れ、居間に戻ってきた洸人はあらためてメッセージが表示されたままのライオンのスマホ画面を見つめる。

そして昼間の牧村と貞本との会話を思い出していた。

あの痣……もしかして、親に虐待されてる？

『じゃあ、あとはよろしく』

この言葉、どこかで……。

表示されている文字が頭の中で聞き覚えのある女性の声で再生される。

ハッとした洸人はバタバタと和室へと入っていった。

押し入れの奥から一冊のアルバムを取り出し、開く。プリントされた写真が透明なシートに収められている。その中から一枚の写真を取り出した。

色あせた家族写真だ。父と母、小学生の自分と美路人、その横に不機嫌そうな顔で写っている制服姿の少女がいる。

洸人は写真の裏面を見た。

『洸人10歳　美路人6歳　愛生16歳　2004年4月』と手書きされている。

「愛生、十六歳……」

記憶が一気に巻き戻っていく。

※

洸人と美路人の異母姉にあたる愛生が家にやってきたのは、二十年前のことだった。

父の太一（たいち）は愛生の母親と離婚したあと母の恵美（えみ）と再婚。その後、恵美との間に洸人と美路人が生まれた。いっぽう、母親と一緒に大阪で暮らしていた愛生だったが、母親に恋人ができたことで関係が悪化。母親は娘よりも恋人を選び、愛生は父の太一に引き取られることになったのだ。

恵美は血のつながらない愛生にも息子たちと等しく愛情を持って接したが、母親に捨てられたという思いがあるのか、愛生はいつも何かに苛立っていた。ともに暮らしはじめて一年が経過しても、自分を守るその棘は周囲の者たちを傷つけた。

それは美路人に対しても同じで、まるで手加減なしだった。

洸人はこんな光景を思い出す。

その日の昼食はカレーとフルーツの桃だった。愛生は当たり前のようにカレーにマヨネーズをたっぷりかけてぐちゃぐちゃと混ぜてから食べはじめたので、洸人はあっけにとられていた。だが、その隙に美路人は洸人の桃を盗み食べていた。

「あーっ……!!」

美路人だから仕方ないかと洸人があきらめたとき、愛生がいきなり美路人の手からフォークを奪い取った。

「あんたもう食べたやろ」

「えっ⁉」

「お姉ちゃん、僕はいいから！」

「よくないやろ」

――そんな姉が家を出ていったのは、彼女が十八歳のときだった。

「おい」

ペシペシと肩を叩かれ目を開けると、薄暗い部屋の中に愛生が立っていた。

「……お姉ちゃん?」

眠そうに目をこする洸人に愛生は言った。

「ちょっと来て」

「え……」

「ほら、行くで」

有無を言わせぬ勢いで愛生は洸人を家から連れ出した。

後ろに愛生を乗せ、洸人は夜明け前の人けのない田んぼ道を自転車で走っていく。

いい加減疲れてきて、洸人は愛生に訊ねる。

「……どこまで行くの?　学校あるんだけど」

「いいから真っすぐ」

「え?」

「もっと速く!」

やがて海が見えてきた。薄紫色の空が水平線に近づくにしたがい、徐々に白っぽく明るくなっている。

しばらく海沿いを走ったところで急に愛生から「ストップ！」の声がかかる。

目の前には掘っ立て小屋のような簡易な造りの海の家がいくつか並んでいた。そのうちの一軒に近づくと、愛生はカウンターに立てかけてある板を外して中へと入っていく。

洸人が中を覗くと、愛生はキッチンの奥にある冷凍庫を開け、氷を取り出していた。

「……え、何やってんの？」

「あんただけ特別に教えたるわ。ここのかき氷、食べ放題やねんで」

「え……」

「心配せんでええ。友達の店やから」

愛生は勝手知ったるという感じでかき氷機に氷をセットし、スイッチを押す。プラスチック容器に雪のような氷が積もっていく。

「ほら、シロップ出して」

「あ、うん」

しょうがないなぁとカウンターを乗り越え、洸人は海の家に入る。愛生に示された棚を開けると業務用のシロップが並んでいた。メロン、イチゴ、レモン、ブルーハワイ……どれがいいと訊ねると、姉は全部出せと言う。

山盛りのかき氷に愛生は四種類のシロップを順番に全部かけ、美しい虹色のかき氷を作っていく。その隣で洸人は自分のかき氷にメロンシロップをかける。

「ほんま性格出てんなぁ。かけ放題やのに」

苦笑する愛生に、ムッとしたように洸人が返す。

「……メロン、好きだから」

堤防を下りて砂浜に並んで座り、海を見ながらふたりはかき氷を食べる。昇りはじめた朝陽に照らされた海が黄金色に輝いている。

遠くの空にウミネコが飛んでいる。それを眺めながら愛生がつぶやく。

「自由でええな」

「え？」

それきり愛生は口を閉じ、ただ黙って水平線を見つめる。そんな姉の横顔を洸人はチラと盗み見る。

オレンジの光に照らされた姉の顔は、ひどく大人じみていた。

「……」

「おい、何やってんだ！」

ふいに海の家のほうから大きな声がして、洸人と愛生は振り返った。海の家のオーナーらしき中年男性がこっちに向かって駆けてくるのが見えた。

「お姉ちゃん？」

愛生は舌打ちし、立ち上がった。

「解散や！」

「えっ、友達の店じゃなかったの⁉」

逃げながら愛生はふっと笑みを浮かべる。

「えっ、ちょっ、犯罪じゃん‼」

「せやで」

堤防へと駆け上がり、愛生は自転車にまたがった。洸人を待つことなく走り出す。

「えええっ、ちょっ、待って‼」

笑いながら自転車を漕ぐ愛生を、洸人は必死で追いかけていく。


風力発電用の風車が等間隔に並ぶ海岸までたどり着くと、愛生は自転車を降りて海を眺めていた。海の家からはだいぶ離れた。さすがにここまでは追ってこないだろう。

激しく胸を打っていた鼓動が落ち着き、洸人はそっと隣をうかがう。

愛生はガードレールに手を置いて、黙ったまま海を見つめている。

結ばれていた唇がゆっくりと開いた。

「……なあ」

「ん？」

「このまま、どっか遠くに行かへん？」

「……え？」

「なんもかもぜーんぶ捨てて、自由に暮らしたいと思わん？」

「んー……」

姉の言葉の意味を測りかねていると、愛生が言った。

「なんや、その顔」

「だってお母さん心配するし、みっくんもいるし……」

姉の目にふっと寂しげな影が差す。

「じゃ、私は私の人生を生きていくわ」

「へ……？」

愛生は自転車にまたがり、洸人に言った。

「じゃあ、あとはよろしく」

「……え？」

戸惑う洸人に笑顔だけを残し、走り去っていく。

「え……ちょっ、待ってよ。お姉ちゃん……！」

走って追いかけたが、愛生の背中はどんどん小さくなっていく。

「……」

それが最後に見た姉の姿だった――。


洸人は家族写真の横にライオンのスマホを置き、あらためてXからのメッセージを見つめる。

『じゃあ、あとはよろしく』

これはまさか……。

「あの人の、子ども……？」

口にしたことで、それは動かしがたい事実のような気がしてきた。

もしそうだとしたら無責任にもほどがある。

でもあの姉だったら、あり得ない話じゃない。

「はぁ!?」

ひと呼吸おいてふたたびスマホに手を伸ばした。

※

パソコンモニターの淡い光がぼんやりと照らす薄暗い室内。デスクの上で充電中のスマホにメッセージが着信する。

『もしかして、愛生さんですか？』

誰かの手がスマホをつかみ、小森洸人からのメッセージを確認する。


パニックに襲われ、ぐちゃぐちゃにしてしまった部屋を美路人が片づけている。床に散らばった本を本棚に戻していた手がふと止まる。動物図鑑がちゃんと並んでいるのだ。さっきあの子と奪い合って破れ、カレーまみれになったはずなのに、どうして……？

美路人はデスクに置いた表紙だけの図鑑に目をやる。

自分のしでかした過ちに気づき、美路人はハッとした。そーっとカーテンを開け、居間をうかがう。

疲れたのかライオンはソファで眠っている。洸人がその小さな体に毛布をかける。

部屋から出た美路人はライオンをチラチラ見ながら、もごもごと口を動かす。

美路人の心中を慮り、洸人は言った。

「大丈夫。この子は明日、ちゃんと警察に連れていく。いつも通りの生活に戻るからね」

言いたいのはそういうことではないのだが、美路人の口からは言葉が出ない。そんな自分がもどかしく、美路人は逃げるように部屋に戻った。


洸人は居間に持ち込んだパソコンで児童虐待の対応について調べはじめた。『身体的虐待』『心理的虐待』『ネグレクト』『性的虐待』など虐待にもさまざまな種類があるようだ。

当てはまりそうなのは……。

「身体的虐待……ネグレクト……」

ページを読み進めていくと、最後にこんな文言にたどり着いた。

『虐待かなと思ったら、児童相談所あるいは子ども家庭支援センターに通告を。緊急の場合はすぐに警察へ110番通報してください。』

とはいえ、ライオンが姉の息子だとしたら詳しい事情を聞かないで通報するわけにもいかない。

パソコン画面をにらむようにして洸人が考え込んでいると、人が動く気配がした。振り返るとライオンがソファから身を起こしていた。

洸人はパソコンを閉じ、テーブルを離れ、ライオンに訊ねる。

「どうした？　トイレ？」

ライオンはぼんやりとした表情でこっちを見ている。

「眠れない？」

「大丈夫。この家にいれば安全だから」

そうつぶやくと毛布をかぶり、ライオンはふたたび眠ってしまった。

「……安全？」

翌朝、ライオンが起き出した気配を感じた美路人はそっとカーテンを開け、居間の様子をうかがう。ライオンは下着を脱ぎ、Tシャツに着替えはじめた。裸になった上半身の脇や上腕部にいくつかの痣があることに美路人は気がついた。

「……」

目玉焼きを食卓に置き、洸人がふたりに声をかける。

「さ、ご飯食べよう」

「7時15分です。朝食の時間です」と美路人が自分の城を出て、食卓に向かう。

昨日の美路人の激しい振る舞いが脳裏によみがえり、ライオンは同じテーブルにつくのを躊躇してしまう。

美路人を警戒していることに気づいた洸人が声をかけた。

「ライオンくんも、おいで」

「……うん」

ぬいぐるみをお誕生日席に座らせて、ライオンもおそるおそる洸人の隣の座につく。

美路人がいつもの「いただきます」の号令をかけ、牛乳をコップに注ぐが昨夜のことが気になり、ふたりはどこかぎこちないまま朝食を食べはじめた。

そんなふたりの様子を横目で見ながらも、洸人はライオンのスマホが気になっていた。目が覚めてからもう何度も確認しているが、やはり自分が送ったメッセージへの返信はない。

「知らないぞ、もう……」

二階の自室に戻った洸人が出勤の準備をしていると美路人が入ってきた。

「なに？」

もじもじと口を動かす美路人を洸人がうながす。

「どうしたの？」

「……警察に行きますか？」

「うん」と洸人はうなずいた。「お父さんとお母さんのもとに返してあげないと」

「オスのライオンは成長すると、お、親のプライドから離れて暮らします」

「……何が言いたいの？」

黙ってしまった美路人に洸人が説明する。

「あの子はまだ子どもだから、親のプライドから離れちゃいけないんだよ」

「そのプライドは安全ですか？」

「……え？」

「そのプライドは安全ですか？」

「……いいから、みっくんも早く準備しな。車来ちゃうから」

納得できないのか美路人はその場を動かない。さらに何か言いたげに口をもごもごさせる美路人に、洸人はイライラしてきた。

「もしかして、あの子をここに置いてあげようって思ってる？」

もじもじしながらも美路人はその言葉に抗おうとはしない。

「なんで？　昨日のこと忘れてないよね？　知らない人と一緒に暮らすなんて無理だって。今の生活が崩れて一番困るのは、みっくんなんだよ」

「……そ、そのプライドは……安全ですか？」

「知らないよ、そんなの」と洸人はため息まじりで返す。「僕らには関係ないでしょ」

そんなふたりのやりとりを階段に座ったライオンが聞いている。持っているぬいぐるみを無意識にギュッと抱きしめる。

「それにここのプライドだって安全なんかじゃない」

「……」

「お兄ちゃんは今のみっくんとの生活を守るので精いっぱいだよ」

うつむいてしまった美路人に「みっくんも準備しな」と声をかけ、洸人は部屋を出る。

階段でひざを抱えているライオンと出くわしハッとしたが、そのまま下りていく。


小森家の前の路上に洸人、美路人、ライオンの三人が立っている。そこにプラネットイレブンのワゴン車が到着した。しかし、ドアが開いても美路人は動かない。

うながすようにいつものハイタッチをしようとしても美路人は腕を上げようとしない。

「……みっくん？」

「……」

「みっくん、乗ってくれないとお兄ちゃん仕事行けないよ」

美路人はおもむろにリュックをワゴン車のシートに下ろすと、動物図鑑を取り出した。

「ん！」とそれをライオンに差し出す。

「ん？」

おそるおそる受け取り、ライオンは図鑑を裏返す。背表紙に『こもりみちと』と名前が書かれている。

「みっくんも持ってたの？」

「ぼ、僕の図鑑です」

「……くれるの？」

ライオンの問いにうなずき、いつものように洸人とハイタッチをすると、「おはようございます」と美路人はワゴン車に乗り込んだ。

走り去っていくワゴン車を見送り、洸人は図鑑をライオンのリュックに入れてあげる。

そして、その小さな肩に手を置き、「よし、行こうか」とライオンをうながす。

ぬいぐるみをギュッと抱くライオンを見つめ、迷いを吹っ切るように洸人は歩き出す。

ライオンも黙ってそのあとをついていく。

洸人が勤める浦尾市役所と浦尾警察署は隣接している。同じ敷地というわけではないが、その距離は百メートルも離れてはいない。

やがて、横断歩道の向こうに警察署が見えてきた。信号が赤になり、ふたりは足を止めた。警察署を見ながら洸人が自分に言い聞かせるようにつぶやく。

「これでいい……」

洸人はライオンを見下ろす。白い肌に残った青紫色の痣が脳裏によみがえる。そして、美路人と図鑑を奪い合う姿も……。

「これでいい……」

信号はまだ変わらない。

「……こうするしか――」

横断歩道の向こうに見える警察署をかき消すように脳裏に次々と映像が現れる。

「ここで暮らします！」と力強く告げたライオン。

「じゃあ、あとはよろしく」と自転車に乗って去っていった姉の愛生。

「大丈夫。この家にいれば安全だから」と寝ぼけまなこでつぶやくライオン。

「そのプライドは安全ですか？」と何度も問う美路人。

あー！

もうどうすればいいんだよ……！

ふと気がつくと信号はすでに青に変わり、ライオンは横断歩道を渡りはじめている。

その小さな背中を呆然と見ていると、空からウミネコの声が降ってきた。

同時に美路人の言葉を思い出す。

『海じゃなくてもウミネコはウミネコです。どこで飛ぶかはウミネコの自由です。ウミネコだって違う景色を見たいとき、あります』――。

横断歩道を渡り終えたライオンが右に折れ、歩いていく。その先に警察車両と警察官の姿が見える。

「……うぁあああああああっ。クソッ！！！」

叫びながら洸人は走り出す。

ライオンが足を止め、振り返る。息を切らせた洸人がその手を取った。

「!?」

見上げるライオンを、洸人は黙って見つめる。

走り出した車がふたりの横を勢いよく通りすぎていく。

市役所内の子ども用の娯楽室に向かうと、すでに美央が部屋の前で待っていた。

「急にごめんなさい」とライオンを抱えた洸人が駆け寄る。

「いや、いいんですけど……どうしたんですか？」

「えっと、この子は親戚の子どもなんですけど……今日一日だけ子ども支援課で見てもらえませんかね」

「……うん。わかりました」

美央はうなずき、ライオンの前にしゃがんだ。「お名前なんていうの？」

「ライオン！」

「ライオン？　カッコいいね。何して遊ぼっか」

美央はライオンの手を引いて室内へと連れていく。ふたりの後ろ姿を見送りながら、洸人は自問自答した。

何やってんだ、俺……。

※

美路人が会社のフロアを行ったり来たりしている。そんな美路人に船木が意外そうに声をかけた。

「あれ、みっくん。時間だけどカウントいいの？」

黙ったまま歩き続ける美路人を同僚の小野寺武宏が囃したてる。

「みっくんは今日元気がありません」

「あ、お兄さん」

船木の視線を追う美路人。その先にはライオンを連れた洸人が階段を上がってきていた。ライオンが美路人に駆け寄り、吠える。

「ガオオオォ――――!!」

はしゃぐライオンをスルーし、美路人は帰宅の準備を始める。その表情に特に変わったところはなく、いつも通りだ。

「こんにちは」と船木がライオンに声をかける。

「こんにちは！」

船木は洸人に戸惑ったような顔を向ける。

「あ、今、親戚の子を預かってまして」

「あ、なんだ。そうなんですね、ハハ！」

洸人、美路人、ライオンが我が家への道を歩いている。小石を蹴りながら進む美路人を見て、「僕もやるー!」とライオンがその石を蹴る。

一瞬顔をこわばらせたが、美路人は癇癪を起こすこともなくライオンを無視。ライオンも気にせず、石を蹴りながら歩いていく。

そんなふたりの様子を洸人がハラハラしながら見守っている。

果たして、これからうまく暮らしていけるのだろうか……。

とら亭の前で洸人と美路人が立ち止まったのでライオンも歩みを止める。美路人が腕時計を見て、「18時です」と言う。

「ここは……?」

「今日はここで夕飯を食べます」と洸人がライオンに告げる。

「……え?」

「月曜日水曜日金曜日はとら亭で食べます。とら亭は美味しいです」

誇らしげに言い、美路人は店へと入っていく。

カウンターにふたりと並んで座り、ライオンは不思議そうに店内を見回した。テーブルの上には将棋盤や段ボール箱が無造作に置かれ、のれんや看板も店内にある。

「お客さん、誰もいないね」

「ここはもう、お店じゃないんだ」と洸人が説明する。

「そうなの？」

カウンター内で料理の仕上げをしながら寅吉がライオンに答える。

「足悪くして三年前に畳んだんだよ……っていうか洸人、小僧が増えるなんて聞いてねーぞ」

「すいません……ちょっと今、知り合いの子を預かってて」

「まあまあ、俺は構わねえけどな」

そう言って寅吉はライオンに顔を向ける。「おい小僧、ここで夕飯食べるのはな。美路人のルーチーンなんだぞ」

「るーちーん？」

「決まりってこと」と洸人が説明する。

「はい、お待っとうさん」と寅吉がカウンター越しに五目あんかけ焼きそばを差し出す。

美路人には餡と麺が別々のお皿に盛りつけてある特別仕様だ。

「いただきます」

美路人が手を合わせてから食べはじめる。

「マヨネーズください！」

ライオンの声に、「ああ?」と寅吉が目を丸くする。

「五目あんかけにかけんのか？　ちょっと待ってろ」

冷蔵庫からマヨネーズを取ってきた寅吉がライオンに渡す。焼きそばにたっぷりマヨネーズをかけるライオンを見ながら洸人が訊ねる。

「なんにでもかけるの？」

「るーちーんだよ！　かける？」

「大丈夫」

苦笑する洸人の隣で、美路人は焼きそばを食べている。ライオンが気になるのか、時折チラチラと横を見ながら。


石段を駆け上がっていくライオンのあとを洸人と美路人が続く。物憂げに背を丸めて歩く洸人に美路人が訊ねる。

「警察に行きました？」

「ううん」

「なぜ行かなかったですか」

「ん……わかんない」

「お兄ちゃんにもわからないことありますか？」

「あるよ。いっぱい」

何が正解なのかはわからない。

だけど、いつもとは違う景色を見てみたくなった。

なぜかはわからないけど、強くそう思ったのだ。

ウミネコの声がして、ふたりは同時に空を見上げた。

※

刑事部屋の自席で高田が行方不明者のデータベースを見ている。パソコン画面に表示されているのは『橘愛生』の届出情報。昨日、甲府南署に届けられたものだ。その場に偶然居合わせたこともあってか、やけに心に引っかかっていた。

後輩の佐伯誠（さえきまこと）がやってきて、「高田さん」と声をかける。振り向く高田に言った。

「例の行方不明の件ですけど、今朝しずく橋で親子の靴が見つかったそうです」

デスクに置かれた写真を高田が見つめる。写っているのは女性用のスニーカーとそれよりもさらに小さなキッズスニーカーだった。両方とも泥でかなり汚れている。
「……ありがとう」
高田はふたたび画面に目を向けた。
何やらきなくさい匂いが漂ってきた。
刑事の勘が高田にささやく。
もしかしたら、俺の手に回ってくるかもしれないな……。

2

笛乃川の河川敷で警察と消防が行方不明の母親とその息子を捜索している。現場には、届けを出した父親の橘祥吾も駆けつけている。

遺留品と疑わしきものが発見されるたびに警察は祥吾に確認を取る。

その様子をしずく橋の上から高田が眺めている。

果たして、これは事故なのか……。

発見された母と息子の靴の状況から、その線は薄いというのが警察の見方だ。

「……」


甲府駅前の広場で県議会議員の亀ヶ谷宗史郎（かめがやそうじろう）が演説をしている。

「社会保障、大事です！　増税問題、大事です！　しかし何より今は少子化対策が急務です！　二〇四〇年にはこの街の二十歳未満の人口は全体の十％を切ると言われております。これでは日本という国が潰れてしまう――」

熱弁をふるうも、ほとんどの人が足を止めることなく駅へと急ぐ。

亀ヶ谷をまばらに囲んだ聴衆の最後方に相棒の天音悠真を連れた楓が立っている。コンビニのチキンをかじりながら、お題目を並べただけの演説を退屈そうに聞き流している。

しかし、もう辛抱しきれなかった。

カメラを構える天音の肩を叩き、「行くよ」と亀ヶ谷に背を向け、歩き出す。

「えっ、ちょっ、まだなんにも撮れてないですよ」

慌てて追いついてきた天音に楓は言った。

「あんなタヌキ親父の不倫なんか追っかけてもしょうがないでしょ。っていうかお腹すいた。どっか食べるとこない？」

「ま、この時間だとカフェとか……っていうか、さっきなんか食べてませんでした？」

無視して楓は早足で歩いていく。

駅前の飲食店で開いていたのはチェーン展開しているカフェと立ち食いそば屋の二軒のみ。

楓は迷うことなく立ち食いそば屋に入る。

きつねそばの汁に浮かんだネギを一つ一つ小皿に移していた天音は、隣でガツガツと天丼をかき込む楓をあきれたように振り返った。

「……朝からよくそんな食べれますね」

テーブルに置いたスマホでネットニュースのヘッドラインをチェックしながら、「なんかほかに面白いネタないの？」と楓が訊ねる。

「面白いネタ、とは？」

「例えば連続放火犯が見つかったとか、巨額の横領事件が発覚したとか、難病の治療薬ができたとかさ」

「田舎はそんな派手なことばっか起きないいんですよ」

ネギ退治に戻り、天音が返す。

「ネタはいつもどこで拾ってんの？」

「まぁ僕もこっち来てまだ日が浅いんで、最近見つけた店ぐらいしか……」

「へえ。教えてよ」

「いやいやいや、いくらなんでも会って数日の人に簡単に教えるわけには……」

もったいぶる天音の首根っこをつかみ、楓がグイグイ絞めていく。油揚げをくわえたまま天音の顔がうっ血していく。

「ぐあっ……」

「もっぺん言ってみ？」

「……ご、ご案内します」

「あ？」

「ご案内します！」

「助かるー」と天音の背中をバンバン叩き、楓はふたたび天丼を食べはじめる。首をさすりながら天音が言った。

「じゃあ、僕からも一つ質問していいですか？」

「やだ」

「大手新聞のエース記者ともあろうお方が、どうしてウチみたいな三流週刊誌に転職してきたんですか？」

「ごちそーさまでした！」

空になった丼をさげ、楓はとっとと店を出ていく。

「ちょ、ちょっと……！」

慌てて残りのそばをかき込みながら天音はつぶやく。

「原因はパワハラだな、絶対……」

「ねーねー遊ぼうよ！」とライオンが大声を上げて美路人を追いかけ回している。手で両耳をふさぎ、「あぁぁぁ――――!」と叫びながら美路人が部屋中を逃げる。

「こら、待ちなさい! ライオン!」

慌ててライオンをつかまえようとした瞬間、バランスを崩し洸人はこけた。

「うわっ!」

ベッドから落ちそうになり、洸人は目を覚ます。

「なんだ……」

夢か……と安堵したそのとき、階下から激しい物音がした。

「あああああっ、ダメです! ダメです!」

さらに美路人の叫び声が聞こえてきて、洸人は慌てて部屋を飛び出した。

階段を駆け下りると美路人の顔が襖から突き出てきて、ギョッとなる。

「みっくん……みっくん! ちょっと!」

襖から美路人を引き抜き、どうにか落ち着かせようとする。

「あ――っ!! 今はしない。今はしない!」

「ちょっ、みっくん。はい、ここにまず座って」と、とりあえず食卓につかせる。

仏壇の前にひざまずいていたライオンがりんを鳴らし、振り返る。

「チーンってしたら怒られた!」

あー、勝手に鳴らしちゃったんだ。

「それは、いつも出かける前にやるんだよ」

「今はしません、今はしません」と興奮状態の美路人が連呼する。

面白そうにりんを連打するライオンを「わかったわかった」と抱きかかえ、「朝ご飯にしよう。朝ご飯」と食卓に座らせる。

だが隙をついてふたたびりんを鳴らすライオンに「あああぁ！　あああぁ！」と美路人がパニックになり家中を歩き回りはじめた。

「みっくん！」

あぁ、これじゃあ夢のほうがましだよ……。

美路人とライオンが食卓で向かい合い、朝食をとっている。

目玉焼きの黄身と白身を丁寧に取り分ける美路人を見て、ライオンが笑う。

「みっくん、変な食べ方！」

美路人の箸が止まり、傷ついたような目をライオンに向ける。

庭で洗濯物を干していた洸人が慌てて注意する。

「ライオン、みっくんのことはいいから。みっくんも食べな」

美路人はライオンが視界に入らなくなるまで体を横に向け、ようやく食べはじめる。

洗濯物の中に混じった子ども用のTシャツを手に取り、洸人はしばし考え込む。

この子の母親は本当に姉の愛生なのだろうか。

もし姉だとしたら、なぜ僕たちに預けようとしたのだろう。

姉はこの子を虐待していたのか……？

洗濯物を干し終え、居間に戻った洸人はライオンのスマホを手に取り、新たなメッセージを打ちはじめる。


充電器に置かれたスマホがピコンと鳴り、メッセージの着信を告げる。

『返信をいただけませんか？　事情を説明してくれないと、これ以上預かることはできません』

誰かの手がスマホをつかみ、小森洸人からのメッセージを確認する。

やがて、その親指が動きはじめる。

全く期待していなかったのに、メッセージを送信してすぐに返信が届いた。

『ソフトクリームの広場で　鐘の鳴る頃に』

しかし、その内容はやけに意味深で、謎めいていた。

「ソフトクリームの広場で……どういうこと？」

抱いた思いをそのまま文字にして、ふたたび送信する。

『どういう意味ですか？』

いっぽう、朝食を終えた美路人は、時計を見るや、「出かける時間です。ごちそうさまでした。急ぎます！」とせわしなく食器を片づけはじめる。

「みっくん、お仕事？」

ライオンに訊かれ、美路人が答える。

「土曜日はお兄ちゃんと図書館に行って、パン屋に行って、最後に公園に行くと決まっています」

ライオンの顔がパッと輝く。

「お休みなら動物園いきたい！」

美路人がペットボトルに水を詰めながら返す。

「土曜日はお兄ちゃんと図書館に行ってパン屋に行って公園に行くと決まっています」

「ライオン見てみたい！　本物のライオン見たことない！」とライオンは譲らない。

「ダメです。土曜日はお兄ちゃんと図書館に行ってパン屋に行って公園に行くと決まっています」

そう言って、美路人は玄関へと歩き出す。

「えええ、ちょっと待って！」

残っていた目玉焼きを大急ぎで口に詰め込むライオンを見つめながら、洸人は不思議なメッセージの意味を考える。


靴を履き終えると美路人は玄関に置かれた鏡に向き合い、パーカーのひもの左右の長さを均等に整える。

美路人のカバンにぶら下がったゴーグルに気づき、ライオンが訊ねた。

「なんでそれ持っていくの？」

「……」

返事をしない美路人を特に気にせず、「ぼくはこれを持っていくんだ」とぬいぐるみを抱きしめ、ライオンは玄関を出ていこうとする。

「待ってください」

「ん？」

「お兄ちゃんが来ていません。お兄ちゃんと一緒に行きます」

「……呼んでくる！」とライオンは靴を履いたまま廊下を戻っていく。

洸人は和室にいた。古いアルバムをめくり、愛生との記憶を懸命に思い出そうとする。

「……ソフトクリームの広場……？」

そこにライオンが飛び込んできた。

「洸人！」

「うん？」

「みっくん呼んでるよ」

「ごめん。今行く！」

「おいてくよ」

ふとライオンの足もとが目に入り、洸人は驚く。

「靴、靴!!」

ライオンはがに股になって靴の側面で立ち、「ギリセ〜フ！」と両手を広げる。

「腹立つ〜」

そういえば……。

洸人はふたたびアルバムへと視線を移した。玄関前に立つ姉の写真が目に入る。

お姉ちゃんも忘れ物をしたときは、よく土足で家に上がってたな……。

洸人が注意すると今のライオンと同じようにがに股で靴の側面だけで立って、「ギリセ〜フ」といたずらっぽく笑ってた。

アルバムを見ながら黙り込む洸人をライオンがうかがう。

「洸人？」

「うん。行こう」

洸人は愛生の写真をアルバムから抜き、ポケットにしまった。

前を行くライオンはがに股のまま靴の側面で歩いている。歩きづらそうなライオンを見かねて、洸人はその小さな体を抱え上げた。

きゃっきゃとライオンが楽しそうな声をあげる。

「……」

やっぱり、この子はあの人の子どもに違いない。

※

洸人、美路人、ライオンの三人が図書館に向かって歩いている。ライオンが近づくと美路人が離れ、ふたりの間には常に微妙な距離が生まれている。

気にはなるがどうすることもできないので、洸人はそんなふたりを黙って見守る。

図書館に入るや、美路人は図鑑や写真集が収められたお気に入りの書棚へと一直線に向かっていく。

いっぽう、ライオンは図書館を訪れたのが初めてなのか、フロア全体が本で埋め尽くされている光景に目を丸くしている。

「絵本がたくさんある！」

思わず歓声をあげたライオンに、「シッ」と洸人が人さし指を唇に当てて黙らせる。

「図書館では静かにしなきゃダメだよ」

「はーい！」とライオンは子どもコーナーへと駆けていく。

「走っちゃダメだって！」

子どもコーナーに入ると、ライオンは真剣な表情で絵本を選びはじめる。棚から取り、ページをめくって、棚に戻す。何度かそれを繰り返し、三冊ほど選んだあと、飾り棚に置かれた絵本を指さし、洸人に言った。

「洸人、あの本取って！」

「どれ？」

「クマの絵本」

「これ？」と洸人は取ってあげる。

「ありがとう」

ライオンは絵本を抱え、寝転がって本を読めるスペースに向かう。

見覚えのある絵本が目に入り、洸人は思わず手に取った。

『くまたろう　おつかいにいく』

タイトルを見て、洸人はつぶやく。

「くまたろう……懐かしい」

子どもの頃好きだった絵本だ。ページを開くと、買い物袋を肩にさげて楽しそうに街を歩いているくまたろうの絵に、こんな文章が添えられている。

『おかあさんから、はじめてのおつかいをたのまれたくまたろうは、ぎゅうにゅうとぱんをかうために、まちへでかけていきました』

あった、あった、こんな話。

懐かしくなって、洸人は絵本を持って閲覧コーナーへと戻る。美路人の正面に座り、読みはじめた。

「くまたろうは、かえりにあまったおかねでソフトクリームをかうことにしました。ところが、くまたろうはこいしにつまずいて、かったばかりのソフトクリームをじめんにおとしてしまいました」

絵本をめくる手が止まった。

ソフトクリーム……。

霧が晴れるように洸人の記憶がよみがえっていく。

どこかの広場だ。時計の針は14時を指し、鐘の音が聞こえる。

床に落ちたソフトクリーム。そのそばで泣いている美路人。

美路人に歩み寄る女性……それは愛生だ。

ハッと顔を上げた洸人はスマホを取り出した。

『広場』『鐘がなる』『デパート』と検索ウインドウに打ち込んでいく。

すぐに該当する場所が画面に羅列される。

「ことぶきタウンモール……」

一番上の公式ホームページをクリックする。ページが開くとすぐに、『毎週土曜日、幸せの鐘が午後2時に鳴る』のキャッチが目に飛び込んできた。

「ここに来いってことか……？」

てか土曜日って今日！

慌てて時刻を確認すると、すでに午後1時を回っている。

少し考え、洸人は美路人に言った。

「みっくん、片づけて」

「え……」

時計を確認し、「まだ時間じゃありません」と美路人がつぶやく。

しかし、すでに洸人は立ち上がっている。


テーブルに置かれたスマホがピコンと鳴り、メッセージの着信を告げる。

誰かの手がスマホを取り、メッセージを確認する。

『わかりました、行きます』


洸人は美路人とライオンを隅の階段まで連れ出し、告げた。

「お兄ちゃん、ちょっと今から行かなきゃいけないところがあるんだ」

美路人が表情を曇らせる。

「どこに行くの?」

「えっと、急なお仕事」とライオンに答え、洸人は美路人に顔を向けた。「みっくん、ライオンとふたりで過ごせる?」

「だ、ダメです。過ごせません」

　スマホを手に即答する美路人に、洸人は画面のメモを指さし、言った。

「これの通りに、いつもの順番でやれば大丈夫だから」

　美路人の表情はますます曇り、こわばっていく。神経質に何度もメモを確認する。

　洸人はしゃがみ、ライオンに目線を合わせる。

「みっくんの言うこと、ちゃんと聞いてね。邪魔しちゃダメだよ」

「うん。パン屋さんで洸人の分も買ってあげる！」

「お兄ちゃんはカレーパン！」と対抗するように美路人が口を開いた。そして勝ち誇ったように「公園に行ってベンチでカレーパンを食べます。そしてお兄ちゃん、本を読みます」とライオンに自慢げに話す。

　洸人は美路人の肩を抱き、言った。

「なるべく早く終わらせるから。パンを食べる頃には公園に行くね」

「……わかりました」と美路人が洸人にうなずく。

「ライオンから目を離さないでね」

「……はい」

「何かあったらすぐ連絡して」

階段を下りていく洸人からも、「行ってらっしゃい」と見送るライオンからも目を背けるように、美路人は壁を向きメモを何度も確認した。

ことぶきタウンモールは浦尾駅から一ブロックほど離れたところにあるショッピングモールだ。浦尾駅前に大型商業施設はここしかないので、休日ともなると大勢の市民たちでにぎわう娯楽の場になっている。

吹き抜けのエスカレーターで上がりながら、ポケットから古い写真を取り出して愛生の顔を確認すると洸人はモール内を見渡す。しかし、三十代半ばになった姉の顔を想像して、この混雑の中から捜し出すのは不可能だった。

フードコートの脇にある広場も家族連れでにぎわっていた。遊具スペースの向こうにはいくつかの出店が立ち並び、その中にソフトクリーム売り場もあった。

「ここだ……」

子どもの頃の記憶とは違ってずいぶんとポップな感じになっているが、そばにはあの鐘もある。洸人は懐かしさとともに十八年前の出来事を思い出す。

ソフトクリームを美路人に渡し、お金を払っていると、鳴り出した鐘の音に惹かれたのか美路人が駆けていってしまったのだ。

　会計を済ませて振り向くと、美路人がパニックを起こしていた。

「みっくん⁉」

「ああああ――――っ‼　ああああ――――っ‼」

　ぐるぐると一か所を回りつづけている美路人の、その円の中心にはソフトクリームが落ちている。

　慌てて駆け寄ろうとしたとき、美路人を遠巻きに見ている大人たちの声が耳に飛び込んできた。

「ホント迷惑だよね」「かわいそう」「お母さんたちどこ行ったんだろう」「ひとりなのかな？」「大丈夫かな？」「危ない、近寄っちゃダメ」

　足が動かなくなり、気づいたときには美路人から目をそらしていた。

「なに、ボーッと突っ立ってんの？」

　声に振り向くと、愛生がいた。愛生は洸人を追い越し、美路人へと歩み寄る。

　しゃがんだ愛生が視界に入ると、美路人は落ち着きを取り戻しはじめる。愛生はハンカチで美路人の服についたソフトクリームをゴシゴシと拭いていく。

「ほら、フラフラ動くな！」

そんなふたりを洸人は黙って見つめることしかできなかった——。

苦い記憶を頭から追い出し、洸人は時計を確認した。13時50分。鐘が鳴るのは十分後だ。ライオンのスマホを取り出し、メッセージを送る。

『指定された広場に到着しました』

「……」

人混みにまぎれて洸人の様子をうかがっていた女性が、背後からゆっくりと洸人に近づいていく。

気配に気づき、洸人は振り返った。

「!?」

ライオンが本を選んでいると、子どもコーナーにいる同じくらいの歳の女の子が母親に絵本を読んでとねだりはじめた。母親は女の子を抱きかかえるように後ろに回り、怖がりなオバケの話の読み聞かせを始める。

寂しげな顔でそんなふたりを見ているライオンに気づき、美路人が訊ねる。

「ライオンのお母さん、どこにいます？」

「……」

「ライオンのお母さん、お母さんどこにいます？」

黙ったままのライオンに、美路人はさらに訊ねる。

「ライオンのお母さん、死にました？」

「死んでない！」

鋭い叫び声が静かな館内に響きわたる。

美路人は耳を押さえ、逃げるようにライオンから離れた。


「小森さーん」

にこにこと微笑みながら洸人に近づいてきた女性は同僚の美央だった。

「牧村さん……なんで？」

「今日、秋物のセールなんです」と美央は戦利品のショッピングバッグを掲げる。

「セール……」

「さっき下で見かけたんですけど、険しい顔でどんどん先に行くから、え、なに？って思って……」

声をかけるのを躊躇してしまい、様子を見ながらここまで追ってきたのだ。

「ごめん。いろいろ考えごとしてて……」

「あ、もしかしてデートですか⁉」

「違うよ」

「じゃあ、これ食べません？　クルンジ買ったんです」と美央は紙袋からクルンジなるものを出して見せる。つぶれたクロワッサンのような食べ物だった。

「おお……」

「ここの有名で三十分並んだんですよ。みんな行列に並ぶの好きですよね。って、人のこと言えないですけど」

話しながら美央は鐘の下のベンチに腰かける。

「あ、やっぱごめん。このあと人と会う約束してて」

申し訳なさそうに言う洸人に、美央はいたずらっぽい笑みを向けた。

「やっぱデートだ」

「違う違う」

洸人は美央の隣に座り、言った。

「姉だよ」

「お姉さん？」

「うん」と洸人がうなずく。「ずっと会ってない姉がいて。小さい頃に一緒に暮らしてたことがあるんだけど……その姉と久しぶりに会う約束をしてて」

「ここでですか？」

「……うん」

「じゃあ、のんきにぺたんこのクロワッサン食べてる場合じゃないですね。私、離れます」と美央はベンチから腰を浮かせる。

「いや、大丈夫だよ」

「いえ、お気になさらず」と美央が立ち上がったとき、頭上で鐘が鳴り出した。

「！……」

洸人は立ち上がり、ゆっくりと辺りを見回す。

親子連れ、カップル、ベンチで本を読む年配の女性……しかし、この近くに愛生らしい女性は見当たらない。

どこかで様子をうかがっている……？

ふと鐘のほうに目をやった洸人は、フードを目深にかぶった白ずくめの人物が上のフロアからこっちに向かってスマホを掲げ、写真を撮っているのに気がついた。

え……!?

すぐにその白ずくめの人物は踵を返し、その場を去っていく。

「なに、あれ？」

ポカンとする洸人に美央が言った。

「……こっち、撮ってませんでした？」

我に返り、洸人は駆け出した。

エスカレーターを駆け上がりながら、洸人は白ずくめの人物を捜す。しかし、それらしい姿は見当たらない。

と、一階下のフロアを白い影が横切ったように見えた。洸人は慌ててエスカレーターを駆け下りる。ひと通り捜し、さらに下へとエスカレーターを下りていく。

その背中を白ずくめの人物、柚留木（ゆるぎ）が見つめる。

「……」


一階の催事フロアで、ひざに手をついた洸人が「はぁはぁ」と荒い息を吐いている。モール内を捜し回ったが、白ずくめの人物を見つけることはできなかった。

向こうから時間と場所を指定してきたのに、どうして……。

そのとき、ライオンのスマホがメッセージを受信した。

『周りに人がいたので場所を変更します』
メッセージには先ほど撮影したのだろう洸人と美央が写った画像も添付されていた。
やっぱ、あの人か……。
洸人はすぐに返事を打つ。
『たまたま会社の同僚と会っただけです』
メッセージを送るとすぐに返信が届いた。
『16時までに　最後の堤防で』
最後の堤防……。
その言葉で思い出すのは、愛生と別れたあの堤防しかない。
「……あそこか」
洸人は自分のスマホを取り出し、美央に電話をかけた。
「あ、あの牧村さん。ちょっとお願いがあるんだけど」

※

パンの袋を手に店を出た美路人が公園に向かって歩き出す。

とがらせたライオンが追いかける。
「14時40分です。パン屋を出る時間が十分遅れました。公園に急ぎます」
スタスタと早足で歩いていく美路人を、「もー、待ってよ。みっくん……!」と口を
とがらせたライオンが追いかける。

モールの駐車場から出てきた空色の車が洸人の前に停まった。運転席の窓が開き、美
央が顔を出す。

「小森さん」

「ごめん」と詫びながら、洸人が助手席に乗り込む。

車はすぐに走り出した。

洸人に告げられた場所をナビに設定し、美央がつぶやく。

「ちょっと距離ありますね」

これは美路人との約束の時間までに戻れそうにないな……。

気がかりではあるが、それよりも今は愛生と会うことのほうが重要だ。無理やり不安
を押し殺し、洸人は顔を上げた。


公園に入った美路人とライオンはブランコの前で足を止めた。四、五歳の男の子が母

親に背中を押されながら、楽しそうにブランコを漕いでいた。

図書館のときと同様、ライオンの瞳に寂しさの影が宿る。

そんなライオンを見て、美路人が言った。

「ベンチに座ります」

「ブランコ乗りたい！」とライオンが抗う。

「ベンチに座ります」

すでに歩き出している美路人のあとをライオンがしぶしぶついていく。

ベンチに座った美路人にライオンが訊ねる。

「もうパン食べていい？」

「ダメです」

「なんで？」

「お、お兄ちゃんがまだ来ていません。三人で食べると約束しました」

「えええ。お腹すいた」

そう言うと、ライオンはベンチに置かれた袋からパンを出した。

「ダメです！」と美路人がそれを取りあげる。

「ケチ!!　ケチケチケチケチ!!」

「ううう、うるさいです」と美路人が両手で耳をふさぐ。「うるさいうるさい！」

「ケチケチケチ!!」

ライオンに激しく責められ、美路人は強いストレスに襲われる。

「ううう……」


ハンドルを握る美央に洸人は簡単に事情を説明した。

「え、お姉さんの子どもを預かってるってことですか？」

「……まだ確証はないんだけど、姉が僕に預けたかったのかなって」

「でも、それって……育児放棄ですよね？」

「育児放棄……？」

「……私、見ちゃったんです、あのとき」

市役所であの子の相手をしていたとき、偶然見えたあれは……。

「脇腹に痣、ありましたよね」

「……」

「児童相談所に通告しなくて大丈夫ですか？」

「……それも考えてる」

「あ、余計なこと言ってすみません。でも、小森さんが変なことに巻き込まれてたら大変だなって思って」

「そこまで大したことじゃないといいなって思いたいんだけど……」

洸人はふとスマホを確認した。美路人からの着信はない。もう公園に戻らなきゃいけない時間だった。

「ちょっと電話いい？」

「はい」

美路人にかけるが応答はない。

あっちはあっちで心配だ。

ベンチに座ったライオンは袋からクリームパンを取り出し、パクッと食べ始めた。

「あああ!!　それー!!」

「……ん？」

「僕のクリームパンです!!」

「え……？」

「僕のパンです！　僕が食べるパンです！」

「ほかにもあるよ？」とライオンがパンの袋を差し出す。

「ダメです！　僕のクリームパンです！」と美路人はライオンの手からパンを奪う。

「みっくんの意地悪!!」

大声で叫び、ライオンは美路人からクリームパンを奪い返す。

ストレスが最高潮に達し、美路人はゴーグルをつけた。両耳を押さえ、「う――っ!!う――っ!!」とうなりながら歩き回る。

その騒ぎに、周りにいた人たちが何ごとかと注目しはじめる。

ポケットでスマホが震えているが、美路人はまるで気づかない。

「バーバリライオン、アンゴラライオン、ケープライオン……」

頭の中にライオンたちを思い描き、どうにか気持ちを落ち着かせた美路人がバス停に向かって歩いている。その後ろを追いかけながらライオンが叫ぶ。

「なんで行くの？　待たないの？……みっくん！」

しかし、美路人は止まらない。

「時間です。もうバスが来ます。じゅ、15時45分のバスに乗ります」

「洸人は？」

「お兄ちゃんは来ません。バスが来ます」

「え？」

「バスが来たら乗らなくてはいけません。15時45分のバスに乗ります！」

早歩きでバス停にたどり着いたそのとき、バスがやってきた。息を切らせた美路人が開いたドアからバスに乗り込む。

「間に合いました」

ＩＣカードで運賃を支払い、後方へと進んでいく。仕方なくあとに続こうとしたライオンだったが、そのとき持っていたはずのぬいぐるみがないことに気がついた。

「……ない！」

ライオンはステップから足を下ろし、バスに背を向ける。次の瞬間、ドアが閉まる。美路人はライオンが乗っていないことに気づかないまま着席し、自分の世界に入る。

バスはゆっくりと走り出した。

「……出ない」

ため息をついてスマホを耳から離した洸人に美央が訊ねる。

「弟さんですか？」

「うん。合流する予定だったけど間に合いそうにないから、先に帰ってって言いたいんだけど」

「あの絵が得意な弟さんですよね」

「そう」

洸人は電話を切り、メッセージを打ちはじめる。

『時間に間に合わなくてごめん。ライオンと一緒にバスに乗れた？』

送信し、不安げに息をつく洸人に美央が言った。

「もうすぐ着きます。終わったらまた送るんで、近くで待ってますね」

「うん。ありがとう」


バスが急なカーブを曲がり、美路人の体がシートに押しつけられる。窓際に寄せられた体をもとの位置に戻したとき、隣が空いていることに気がついた。

「あ……」

声が漏れ、自分の犯した過ちに美路人は恐怖する。

「いません……いません……ライオンがいません!!　ああ……ああ……ああ！！！」

パニックに襲われた美路人は席を立ち、通路を行ったり来たりしはじめる。

「ライオンがいません。ライオンがプライドを離れました。ライオンがいません」

気づいた運転士がマイクで注意する。

『危ないですからお座りください。お客さま、お座りください』

しかし、美路人の耳には入らない。ブツブツと何かをつぶやきながら狭い通路を歩き回る美路人に、ほかの乗客たちは顔をしかめ、関わり合いになりたくないと目を背ける。

美路人を気づかい、声をかける者はひとりもいない。

「いません……いません、いません」

昔、同じようにバスにひとりきりで取り残された記憶がフラッシュバックする。

「ああ……またひとりです。またひとりです」

美路人は通路にしゃがみ込み、叫びつづける。


公園に駆け戻ったライオンは辺りを見回し、パンを食べていたベンチを探す。いくつかあるベンチの中からあたりをつけ、下を覗く。

「……あった！」

落ちていたぬいぐるみを拾いあげ、汚れを払う。

「……よかった……」

ギュッと抱きしめて、ライオンは出口へと向かう。が、公園を出たところで新たな不安が襲ってきた。自分がどちらの方角に行けばいいのかわからなくなってしまったのだ。

「……どっち？」

柚留木の部屋のパソコン画面にＧＰＳマップが表示されている。赤い点で記されている対象者が公園を離れ、ゆっくりと移動していく。

スピーカーからは不安そうな子どもの声が聞こえてくる。

『……どうしよう……』

車を降り、洸人は堤防へと向かう。海沿いに並んだ風車がゆっくりと回っている。

堤防に人影はなかった。周囲を見回し、腕時計を確認する。16時15分。また約束の時間に間に合わなかった。

洸人が肩を落としたとき、ポケットの中でスマホが震えた。震えていたのは自分のスマホだった。見知らぬ番号からの着信に洸人はおそるおそる電話に出た。

「……はい」

「小森洸人さんのお電話でしょうか？」

聞こえてきたのは女性の声だった。

「……愛生さんですか？」と洸人が訊ねる。

「浦尾北警察署、生活安全課の磯谷と申します」

「え⁉……警察ですか⁉　なんでですか？」

洸人はスマホを耳にあてたまま、来た道を戻っていく。

急ぎ車に乗り込むと「ごめん、警察署に行ってもらっていいかな……」と困惑する美央をうながした。

離れた場所に停めた車の運転席から柚留木がその様子をじっと見ている。

美央の車が発進すると、柚留木も車をスタートさせた。

※

警察署の駐車場に車が停まり、洸人が助手席から外に出た。運転席の美央を振り返り、

「牧村さん、今日は本当にありがとう」と感謝を告げる。

「待ってなくていいんですか？」

「うん。ありがとう！」

警察署へと駆けていく洸人を、美央は心配そうに見送った。

生活安全課を訪れると、応接用のテーブルに美路人がいた。

「みっくん！」

「お兄さんですね」と連絡をくれた署員、磯谷が寄ってきた。

「すみません。弟がお騒がせしました」

頭を下げる洸人に磯谷は言った。

「いえ……バスの車内でパニックになったみたいで」

おそるおそる洸人が訊ねる。

「どなたかケガをされたりとかは……」

「いえ、そういうトラブルはありませんでした」

洸人は胸を撫でおろす。「すいませんでした」

何度も頭を下げる兄を見て、美路人の胸がざわざわする。

洸人は美路人のそばに寄り、ふと辺りを見回した。

「みっくん、ライオンは？」

美路人の胸のざわざわが大きくなる。

「いません。ライオン、いません」

「えっ、待って。一緒にいたんじゃないの……？」

廊下に出た洸人は表情を変え、真剣な面持ちで美路人を問いただす。

「いなくなったじゃないよ。思い出して。どこまで一緒にいたの？」

「わかりません」

「いないって気づいたのはどこ？」

「バスです。わかりません」

「一緒に乗らなかったの？」

「わかりません。怒らないでください！」

「怒ってないよ……」

洸人はひと呼吸おいて気を静め、「座ろう」とベンチに美路人を座らせた。

「公園は一緒にいた？」

「ライオンが、ぼ、僕のクリームパンを食べました」

「公園でいなくなったのかな？」

「お、お兄ちゃん、来ませんでした」

「それはごめん。何回も電話かけたんだけどさ」

「バス、ひとりでした」

「それはごめん」

「またひとりでした」

恨みがましくもどこか悲しい目を向けられ、洸人は八年前の出来事を思い出す。

「サバンナで一番強い動物はラーテルです。ラーテルはカワウソやフェレットなどと同じイタチ科の仲間で――」

バスに揺られながら美路人が大声でしゃべっている。周囲の乗客の冷たい視線を浴び、「みっくん」と洸人は何度も注意する。

バスが停まり、新たな乗客が乗ってくる。

うんざりしていると、ふいに「洸人じゃん!」と声をかけられた。

高校時代の友人たちだった。

「やべえ、久しぶり。洸人、今、何してんの?」

「いや……普通に」

「今、大学休みに入って帰省しててさ。今度飲もうよ」

苦笑しながら「いいね」と返す。

「就活終わった?」

「いや、まだ……」

両親の事故死で就活どころではなくなった。今はこの弟をどう支えていくかでいっぱいいっぱいだ。

友人たちはすぐ後ろの席に座り、就活の話で盛り上がっている。

洸人は手にした自閉スペクトラム症関連の本に視線を落とし、いたたまれない気持ちになる。

なんで自分だけが……。

友人たちとこれ以上同じ空間にいるのが耐えられず、バスが次の停留所に停まったとき、「じゃ」と反射的に降りてしまった。

ドアが閉まり、バスが動き出す。そこで初めて洸人は自分が美路人を置き去りにしたことに気がついた。

車内ではパニックになった美路人が、「お兄ちゃん……⁉　お兄ちゃん……？　あ、あ、あぁぁ――」と泣き叫び、激しく窓を叩いている。

洸人は小さくなっていくバスを呆然と見送った――。

自分はまた、美路人を傷つけてしまったのか……。

ぬいぐるみを抱きしめたライオンが公園内をうろうろと歩き回っている。一度バス停に行こうとして方向を間違え、よくわからない場所に出てしまった。どうにか公園に戻ることはできたのだが、さっきの公園とは遊具の種類が違うし、ベンチも違う。

実は美路人と一緒に行った公園はもう一つの公園と隣接しており、ライオンは隣の公園に迷い込んでしまったのだ。

「ライオンのお母さんはどこにいますか?」

「お母さんは死にましたか?」

頭の中で美路人の声が響き、ひとりぼっちの心細さでライオンは泣きたくなる。

ライオンはぬいぐるみを強く抱きしめた。

『絶対泣かない……ぼくは百獣の王だ!』

柚留木の部屋のパソコンからライオンの声が聞こえる。

気持ちを切り替え、洸人は美路人に言った。

「みっくん、思い出して」

美路人のスマホのメモを開き、「どこまでは一緒だった?　いないって気づいたのはどこ？」と一つずつ確認していく。

「パン屋さんには一緒にいたんだよね」

「はい」

「公園も一緒にいた」

「はい」

「じゃあ、バス停は？」

「いました」

「でも、バスにはいなかったんだよね」

「いませんでした」

「じゃあ、バス停の近くを捜そう。行くよ」

洸人が警察署の出口へと歩き出し、美路人もあとに続く。


自宅アパートの駐車場に車を停め、美央は「ふう」と息をついた。

あの男の子の体の痣は保育士時代の苦い記憶を否応なく思い出させた。

心にどんなに重いフタをしても、小さなきっかけさえあれば激しい痛みとともにその記憶はよみがえり、自分を責め苛む。

「はぁ」と今度は深いため息をつき、美央は助手席に置いたクルンジの袋を手に取る。

「……結局、食べる時間なかったなぁ」

運転席の窓をノックされ、美央は振り向く。

「！」

覗き込んでいるのは、洸人が追いかけていった白ずくめの人物だった。

バス停の近くにライオンの姿はなく、洸人と美路人は公園へと向かう。しかし、パンを食べたというベンチの周辺にもやはりライオンはいなかった。

途方に暮れた洸人の足が止まる。と、ポケットの中でライオンのスマホが震えた。慌てて取り出し、届いたメッセージを確認する。それは一枚の画像だった。

「みっくん、みっくん！」と洸人は先を行く美路人に声をかけた。

振り向く美路人にスマホを見せる。

「みっくん、これ何かわかる？」

届けられたのはブランコの写真だった。なぜだか茶色いアイスティーのようなドリンクが乗っている。

「ライオン……ブランコ……ブランコ……」

美路人は仲むつまじくブランコに乗っていた親子連れを寂しそうに見ていたライオン

の顔を思い出す。

「ライオン？　でも、あのブランコには誰もいないよ？」と洸人が少し離れたところにあるブランコを指し示す。

美路人は画像を拡大し、ブランコの色を分析しはじめる。

「２３７６Ｃプロセスブルー８・８０、ヴァイオレットＶ２ ８・６１、ブラック８・５８、トランスファイト74・０１、です」

あっけにとられている洸人に、美路人は言った。

「夕やけ公園のブランコです」

「え？」

美路人は画像を指さし、言った。

「夕やけ公園のブランコは海賊のブランコ」

「夕やけ公園って……反対側だよね」

「ライオン、ブランコ……ライオン、ブランコ……」

つぶやきながら美路人が歩き出す。

「え、みっくん、ちょっと待って！」

慌てて洸人もあとを追う。辺りは夕陽で赤く染まり始めていた。

隣接した公園はさっきまでいた公園よりも狭く、入るとすぐに遊具広場だった。ブランコはその支柱部分に海賊がかたどられている。

ブランコに座っているひとりの男の子の後ろ姿が見える。

「ライオン、います」

「……ライオン？」

ひとりぼっちでブランコに座っている小さな背中を見て、美路人は叫んだ。

「ライオンがいます！」

小さな背中がゆっくりと振り返る。

「洸人……みっくん……」

ライオンはブランコから降り、ふたりのもとへと駆け寄った。

「……ごめんなさい」

洸人の腰に抱きついてきたライオンが顔を押しつけ、泣きじゃくる。

突然のことに洸人はどうしていいかわからない。

「もう……会えないかと思った……」

絞り出すように言って、ライオンは号泣する。

戸惑いつつも洸人はライオンの頭をポンポンしてあげる。

「お、おう、もう大丈夫……」

そんなふたりを見て、美路人は言った。

「ライオンはプライドに戻りました」

ぎこちなくライオンの肩をトントンと叩き、「もう安心だから」と言い聞かせながら、洸人は頭の片隅で思う。

本当に安心だと言っていいのだろうか。

部屋に戻った柚留木はGPSマップが映し出されているパソコンを閉じた。次にデスクの引き出しを開ける。中にはさまざまな機種のスマホが整然と並べられている。使っていたスマホを一番端に戻し、柚留木は引き出しを閉めた。

泣き疲れて眠ってしまったライオンをソファに寝かせ、その上にブランケットをかける。寝顔を見ながら、洸人は考える。

姉はなぜ、ライオンの居場所がわかったのだろう。

もしかしたら、僕たちは見張られているのかもしれない。

そこに美路人がやってきて、言った。

「ライオン、ひ、ひとりにしました……ごめんなさい」

「ううん」と洸人は首を振る。「みっくんにもつらいこと、思い出させたね。ごめんね」

「大丈夫です」

洸人はふたたびライオンへと目を向ける。

姉は一体、何を伝えたかったのだろう。

洸人の考えを読んだかのように美路人が訊ねる。

「ライオンのお母さん、どこにいますか？」

「ん？」

「死にました？」

「……」

そのとき、玄関のほうから寅吉の大きな声が聞こえてきた。

「スイカ持ってきたぞ――！」

寅吉が持参したスイカを包丁で真っ二つに切る。目が覚めるような鮮やかな黄色が現れ、美路人は驚きの声をあげた。

「こ、これはスイカではありません。スイカは赤色です」

「これはな、クリームスイカっていって黄色なんだよ。知らないのか？」

美路人は少し興奮しながらその名を連呼する。

「クリームスイカ、クリームスイカ」

食卓のほうから聞こえるみんなの声に、ライオンは目を覚ました。

「どうする？　明日食べる？」と洸人が美路人に訊ねる。

「スイカ食べる！」

ソファから起き上がり、ライオンがやってきた。

「おお、起きたか小僧。今、寅じいが切ってるからな」

「寅じい。ぼく、小僧じゃなくてライオン！」

「じゃあ、寅とライオンでライバルだな！」

ふたりは目を合わせ、同時に「ガアオオ！」と威嚇し合う。

縁側に洸人と並んで座り、「いただきます！」とライオンはスイカをほおばった。すぐに「んんん」と目を細める。「美味しい!!」

いっぽう美路人は黄色いスイカを警戒し、ふたりの様子をうかがっている。

「ほら、美路人。種全部取っといたぞ」と寅吉がスイカを差し出す。

「美味しいよ！」

ライオンにうながされ、美路人は黄色いスイカを手に取った。

おそるおそる食べてみる。

「うまいか？」と寅吉が訊ねる。

その甘みを十分に味わい美路人は言った。

「スイカです」

そんな美路人にみんなが笑う。


家の外まで見送りに出た洸人に、寅吉は言った。

「すっかり馴染んでんじゃねえか」

「これから日中の間、ライオンをよろしくお願いします」

「ん、任せとけ」と胸をポンと叩く。

「ありがとうございます」

「おう」

ふたりきりで暮らしはじめて以来この兄弟を支え続けてきた隣人は、すべてを呑み込むようにうなずき、去っていった。

「……おやすみなさい」

ライオンの居場所を教えてくれただけで、結局、姉は現れなかった。

姉は何をしたいのだろうか……。

しかし、その問いへの答えは与えられなかった。

ライオンのスマホへの連絡は、その日以来途絶えてしまったのだ。

そして、新たな日常が始まった。

※

「こんにちは」

プラネットイレブンを訪れると美路人はキャンバスに集中していた。描いているのはゾウの絵のようだ。

洸人の姿に気づいた船木が声をかけた。

「あ、お兄さん、今日は早いですね！」

「十分早いです」とすかさず小野寺が口を開く。

「まだみっくん作業中なので、ちょっとお待ちください」

「お待ちください」と小野寺が復唱する。

「はい」とうなずき、洸人は空いているイスに腰かけた。視線の先に美路人がいる。

自分の世界に閉じこもるのではなく、自らの手で新たな世界を生み出している。

洸人は絵を描いている美路人を見るのが好きだった。


とら亭ののれんをくぐり、洸人と美路人が店に入る。

「すいませーん」

洸人が声をかけるとカウンターの寅吉が振り向いた。

「おお、お帰りぃ」

小上がりでブロック遊びをしていたライオンが立ち上がり、「洸人、これ見て」と作ったばかりのライオンのブロックを掲げる。

「すごいじゃん！　これ、ひとりで作ったの？」

「うん！」

店を出た三人が家に向かって歩いている。

いつものように美路人が小石を蹴りながら歩いているが、今までと違うのはライオンと交互に石を蹴っていることだ。

ふたりの距離は明らかに縮まっており、洸人はそれがうれしかった。

水面に生じた波紋は広がりきり、ふたたび凪が訪れつつあった。


甲府南署の生活安全課で祥吾が担当署員の勝野を待っている。しばらくしてビニール袋を手にした勝野がフロアに入ってきた。

イスから立ち上がり、祥吾が訊ねる。

「あの……どうだったんでしょうか⁉」

「残念ですが……」と声を落とし、勝野は悪い知らせを祥吾に伝える。「見つかった血痕はDNA型鑑定の結果、奥さまのものと判明しました」

「そんな……どうして‼　何かの間違いでしょう……！」

勝野がテーブルにビニール袋に入った愛生のシャツを置く。

信じられない気持ちで、祥吾はおずおずとそれに触れる。肩口に薄くなった血痕のようなものが見える。

どうして……。

肩を震わせる祥吾を、柱の陰から高田が見つめている。

繁華街の裏通りにある小さなカラオケスナック『かすみ』。ママの須賀野かすみが常連客のテーブル前で『魅せられて』をフリつきで歌っている。カウンターの隅に座った楓がその様子を眺めながら隣の天音に訊ねる。

「こんなとこでネタ拾ってんの？」

「はい」とうなずき、「あ、そうだ」と天音が報告する。「こないだ取材してた亀ヶ谷議員、ただの不倫じゃなかったんです」

楓の耳に顔を寄せ、ささやく。

「六股不倫です」

しょーもなと楓が嘆息したとき、かすみがカウンターに戻ってきた。

「いらっしゃーい。天音ちゃん、お友達？」とおしぼりを置きながら、訊ねる。

「あ、最近うちに転職してきた工藤楓さんです」

楓はかすみの背後にある酒棚を指さし、言った。「そこの箱のウイスキー、ボトルでお願いします」

「えっ」と思わず天音は漏らした。それ、高いだろ。

かすみはわずかに口角を上げ、つぶやく。

「亀ちゃん……ちょっと危ないことに手を出してるみたいね」

差し出されたコースターを裏返すと『亀ヶ谷議員　リニア』と書かれている。

「リニア関連ですか？」

「そう」とすぐにコースターを表に戻し、かすみが続ける。「なんかリニアの工事に便乗して、裏で派手に地上げやってるんだって」

「天音、裏取っといて」

「へーい」

やる気のない声に、「はぁ？」と楓がにらみつける。

「はい！」

「そう言えば」とかすみは話題を変えた。「きなくさい親子の行方不明事件があるんだけど……知ってる？」

知らないネタに楓の目の奥が光る。

「……なんですか、それ」

『今日午後三時過ぎ、山梨県須那村を流れる笛乃川で血痕がついた衣類が見つかりました。血痕は今月三日から行方がわからなくなっている橘愛生さん、三十六歳のＤＮＡ型と一致したということです。警察と消防が捜索を続けていますが、現在も愛生さんの行方はわかっていません』

つけっぱなしのテレビから流れてきた聞き覚えのある名前に、洸人は読んでいた本から顔を上げた。

「……愛生？」

テレビを見ると、警察や消防が河川敷を捜索している様子が映し出され、『現在も橘愛生さんの行方はわからず』というテロップが出ている。

姉と同じ字だ……。

『警察は、愛生さんとともに行方がわからなくなっている息子の愁人ちゃんの行方についても捜索を続けています』

息子の名前も画面にテロップで表示されている。

愁人……。

そのとき、風呂から上がったライオンが居間に飛び込んできた。

「ガオ！　ガオガオガオガオ……！！！」

楽しそうに駆け回るライオンに洸人が声をかける。

「愁人」

「なーにー？」

すぐに反応したライオンに洸人は顔色を変えた。

ライオンはハッとし、その場で固まっている。

「……」

3

愁人という名前に反応してしまい、ライオンは明らかに動揺しはじめた。その様子を見て、「愁人、くん……なの？」と洸人がさらに探りを入れる。

「……ライオンだよ」

「でも今、愁人って言ったら……」

一瞬言葉に詰まるも、ライオンはすぐに開き直った。

「知らない！　ぼくはライオンだもん！……ガオ――――ッ！」

吠えながら和室に逃げ込み、隠れるように毛布をかぶる。

呆然としている洸人に、風呂から上がった美路人が声をかけてきた。

「ライオンが僕のタオル使いました」

「え……？　あぁ……」

「？」

毛布の中でライオンは、ただひたすら洸人が入ってこないことを祈っている。

今は問いつめるべきではないと判断し、洸人は自室に戻った。ノートパソコンを開き、山梨県母子行方不明事件について検索する。画面にズラッと表示されたニュース記事の中から大手ニュースサイトのものを選び、読みはじめる。

『今日午後三時過ぎ、山梨県笛乃川の河川敷で血痕がついた衣類が見つかりました。DNA型鑑定の結果、血痕のDNA型が九月三日から行方不明となっている橘愛生さんのものと一致したということです。現在も愛生さんの行方はわかっておらず、警察は息子の愁人ちゃんについても捜索を続行する方針です』

自分なりに整理しようと洸人はノートにメモをとっていく。

『行方不明→9月3日』『ライオンが来た→5日』『橘愛生＝姉？』『ライオン＝愁人？』

つまり、ライオンが姉の息子の愁人だとしたら、行方不明になった二日後に我が家に現れたことになる。

このタイムラグにどんな意味があるのか。

血痕のついた衣類が姉のものなら、姉は何らかの事件に巻き込まれたのかもしれない。

最悪の可能性を考えたら……。

だとしたら俺にメッセージを送っているのは誰だ？

いや、やっぱりあれは姉だ。

ソフトクリームのことも堤防のことも俺と姉しか知らないはずだ。

思考は千々に乱れ、「はぁ」と洸人はため息をつく。

やはり圧倒的に情報が足りない。

洸人はふたたびパソコンで情報を探りはじめた。

これは……。

『甲府南市母子行方不明　家族の声「無事に笑顔で帰ってきてほしい……」』

新着動画の中にそんなタイトルの記事があり、洸人はおそるおそる再生してみる。

どこかの会社の社屋前で数名の記者がひとりの男性を囲み、マイクを向けている。男性は口もとから下しか映っておらず、顔はわからない。

今の心境を訊ねられ、『とにかく早くふたりに会いたいです。それしか……すみません……今は少し混乱していて……』と沈痛な声で男が答える。

『奥さまと息子さんに今、伝えたいことはございますか？』

『笑顔で「ただいま」って……無事に帰ってきてほしいです……』

短い動画はそれで終わった。

唖然として洸人がつぶやく。

「……父親、いたのか……」

と、背後に誰かの気配を感じ、洸人は振り返った。後ろに立った美路人がじっとパソコン画面を見つめている。

「みっくんっ……」

洸人は慌ててパソコンを閉じた。

「ニュースは、な、なんですか？」

「べつになんでもないよ」と洸人はとぼける。

「……」

動揺した洸人は時計を見て、「もうみっくん寝る時間じゃん」と少し大きな声を出す。

「なに、どうしたの？」

美路人は何か言いたげに口を動かすが、言葉にならない。

「忘れちゃった？」

「……」

「じゃあ、また思い出したら教えて」

あきらめたように美路人は踵を返し、部屋を出ていく。その手には一枚のチラシがあったのだが、洸人は気づかなかった。

ふたたびパソコンに向き直り、洸人はどうすべきかを考える。

まずは確認だ。

洸人はライオンのスマホを手に取った。

柚留木がパソコンで山梨の母子行方不明事件のネットニュースを見ている。と、デスクで充電中のスマホがメッセージを受信した。

『ニュースを見ました』『この件ってあなたですか？』『行方不明ってなんですか？』『早急に返事をください！』

立て続けに届くメッセージを一瞥（いちべつ）すると、柚留木は返信することなくスマホを戻す。

翌朝。プラネットイレブンのワゴンが家の前の道に停まり、美路人が石段を下りていく。洸人とライオンも見送りに出る。

「じゃあ、みっくん！」

と、洸人がいつも通りにハイタッチをしようとすると、なぜか美路人はすぐに応えなかった。

「ん？　どした？」

昨夜手にしていたチラシのことを説明したいのだが、やはりうまく言葉が出てこない。

「出発しますよー？」とドライバーに言われ、あきらめてワゴンに乗り込む。

「みっくん、おはよう！」と同僚たちが声をかけてくる。

「おはようございます」

ドアが閉まり、ワゴンが走り去る。

「行ってらっしゃーい！」

手を振って見送るライオンに、洸人は「ライオン」と声をかけた。

ライオンは黙ってとら亭のほうへと歩き出す。

「……ライオン？」

洸人の声にライオンは振り返った。

「洸人もお仕事でしょー？」

「そうなんだけどさ……」

「寅じいの家まで競走しよー！」

駆け出そうとするライオンを、「ちょっと待ってライオン！」と洸人が引き留める。

抵抗しながら目を合わせないライオンに洸人は言った。

「教えて。君の名前は愁人なんだよね……？　君のお母さんとお父さんは――」

「いない!!」

叫ぶようにライオンがさえぎる。

「いないって――」

「だから、いない!!」

そう言い捨て、ライオンは逃げるようにとら亭へと駆けていく。

「……」

この子は一体何を隠しているのだろうか……。

その小さな背中に背負う荷物の重さを思い、洸人の胸は締めつけられる。

※

小上がりのテーブルに座ったライオンが焼きたてのハンバーグにマヨネーズをたっぷりかけるのを見ながら、寅吉はガハハと大きな声で笑う。

「相変わらずかけるな、おい」

「いただきまーす!」

美味しそうにハンバーグをほおばるライオンに目を細め、「そうだ小僧、いいもの買ったんだ」と寅吉は用意していた子ども用のドリルを見せる。

「ほらよ」

「なにそれ！　ぼくの⁉」とライオンは顔を輝かせる。

「いくつかわかんなかったからよ、適当に簡単そうなのを買ったけど。まぁ暇つぶしだと思ってやってみろ」

「やった！」

受け取ったドリルをライオンはさっそく開いてみる。

「お、勉強好きか！」

ライオンは夢中でページをめくっていく。

「おいおい、飯食ってからにしろ」

しかし、ライオンは聞いちゃいない。

「勉強、好きか……」と微笑み、寅吉はリモコンを手にした。ちょうど昼のニュースの時間だった。テレビをつけ、メガネをかけてカウンターに腰を据える。

河川敷を捜索する警察の映像に、アナウンサーの声が重なる。

『今月三日から行方不明となっていた橘愛生さんのものとみられる衣類が、昨日午後三時過ぎ、山梨県笛乃川の河川敷で見つかりました。警察は息子の愁人ちゃんの行方も含め捜査を続けており――』

何かが引っかかり、寅吉はライオンへと視線を移す。ライオンはいまだハンバーグに手をつけず、ドリルと格闘している。

「……」

食堂で洸人と美央が昼食をとっている。洸人はいつものように日替わり定食。美央は月見そば。と、美央の背後にあるモニターから昼のニュースが流れはじめた。いきなり愛生と愁人の事件が取り上げられ、洸人の心臓が跳ねる。どうにか動揺を抑えようとしていると美央が話しかけてきた。

「最近、どうすか？」

「へ……？」

「三人の生活、うまくいってます？」

「あぁ、まぁ。いろいろ大変だけど、一応」

「よかったです」と美央が安堵の笑みを向ける。

「……ただ、状況が変わればこのままじゃいられないかも」

「？」

「警察に相談することも、また考えないと」

「え……なんかあったんですか？」

「いや……」

洸人の念頭にあるのは、昨夜動画で見たライオンの父親のことだった。もし父親が心から息子を心配し、その帰りを待ち望んでいるのだとしたら、ライオンをこのまま同居させるわけにはいかないだろう。

「やっぱ、難しいよね」と洸人は曖昧な言葉でお茶をにごす。

物憂げな洸人をじっと見つめ、美央が言った。

「何かあったら遠慮なく相談してください。ほら小森さん、職場で気軽に話せる人っていったら、私くらいしかいないいんですから」

「ありがとう」

多少のディスりが入りつつも、頼もしい言葉に洸人は微笑む。

そこに定食のトレイを持った貞本がやってきた。

「待って待って怖いんですけど！　俺だって、いやむしろ俺のほうが小森とマブなんですけど！」とテーブルにトレイを置きながら、対抗心をむき出しにして美央をにらむ。

「何言ってるんですか」と美央は笑いをこらえきれない。

「貞本、今の話どっから聞いてた……？」と洸人は少し焦りながら訊ねる。

「いや、そんなことはいいんだよ。それよりさ」と貞本はポケットから折りたたんだ一枚の紙を取り出した。広げたそれはあさがお動物園が主催する展覧会のチラシだった。

「これ、お前の弟の絵だろ！」

サバンナで寝そべるライオンの家族。その力強くも温かなタッチに、「え、可愛い！」と美央が声をあげる。

「ちょっと見せてください！」と美央がチラシを手に取る。目の前に掲げられたチラシの裏面には作品展の詳細が記されており、そこに美路人の写真が掲載されていた。

「これ……」

驚き、言葉を失っている洸人に貞本が声をかける。

「作品展やんだってな！　すげーな弟」

「えー、私、見に行こうかなー！」

「ちょっといい？」とチラシをもらい、洸人はじっくり読んでいく。ピックアップアーティストとして美路人が紹介されており、同じデザイン会社に勤める小野寺もライブペインティングアーティストとして参加する旨が記されている。

そういえば……美路人、昨日の夜からずっと何か言いたげだったな。

「これ言いに来てきてたのか……」

「17時30分55秒、17時30分56秒、17時30分57秒……」

手にした時計を凝視しながら、美路人が兄の迎えを待っている。

階段を駆け上がる足音と同時に、「みっくん、ごめん」と洸人が駆け込んできた。

「五十九秒の遅刻です。遅刻はいけません」

「それもなんだけど、みっくんが昨日話しに来たのって、これのことだよね？」

展覧会のチラシを見せられ、美路人の顔が照れたようにかすかにほころぶ。

「明日、あさがお動物園でみんなの動物アート展ありますよ」

「ちゃんと話聞いてあげられなくて、ごめんね」

「大丈夫です」

そこに船木が顔を出し、「ちょいとお邪魔を」と話に加わってきた。「これ、動物園のチケットです」とチケットを二枚、洸人に渡す。

「いいんですか」

「わたくしの力でご家族は無料招待ということで」

すかさずテーブルで作業をしていた小野寺が言った。

「船木さんはプシッタコサウルスみたいに優しいです」

「お、うまい」と船木が手を叩く。「プシッタコサウルスをちょっとよく知らないけど」

恐竜のワッペンがたくさん縫いつけられているエプロンを着た小野寺は一本一本分かれている筆ケースに筆を丁寧にしまっていく。

「小野寺さんの筆はカッコいいです！」美路人が褒めると、すかさず小野寺が言う。

「明日のライブペイントもこの筆を使います」

そうだと思いつき、美路人は船木に言った。

「チケットをもう一枚ください！　ライオンにあげます」

「ライオン……？」

「ライオンは最初から動物園にいるので大丈夫です」と小野寺が返す。

「人間のライオンです！」

そんなやりとりを洸人が苦笑しながら見守っている。


ライオンを迎えにとら亭に入ると、美路人はさっそく動物園行きを報告する。

「えっ！　動物園!?　本物のライオンに会えるの!?」

興奮するライオンに美路人のテンションも上がる。

「会えます。明日、お兄ちゃんと僕とライオンであさがお動物園に行きます！」

「やったー!!」と叫び、「動物園っ！　動物園っ！」とライオンが跳びはねる。

「むっちゃくちゃよかったな、小僧」

カウンターの中の寅吉もうれしそうだ。

洸人も思わず笑みをこぼす。


その夜、夕食を終えて自室に戻った洸人は、ライオンの父親についての情報を集めはじめた。関連掲示板ではすでに名前も勤務先も特定されており、顔写真まで上がっている。

あらためてネット社会の怖さを思い知らされつつ、洸人はありがたくその情報を受け取った。

橘祥吾。四十五歳。たちばな都市建設営業部勤務。

たちばな都市建設のホームページを開き、さらに調べを進める。代表取締役社長の名前は橘春一（はるいち）。どうやら地元密着型の家族経営の建築会社のようだ。

同じ橘姓ということは祥吾も肉親の可能性が高い。

トピックスの項目に『9月15日（日）たちばな都市建設主催　山梨県リニア駅周辺事業に関する住民説明会　開催』とある。

場所は甲府商工会議所の多目的ホール。司会進行として橘祥吾の名前もある。

「……」


その頃、同じホームページをネオン街の一角に路駐した車内で楓が見ていた。肉まんを食べながら、スマホを指で操作していると助手席の天音が叫んだ。

「来ました！　亀ヶ谷議員、また別の若い女とホテルに入りますよ」

ラブホテルの入口にカメラを向け、天音はシャッターを押し続ける。

「ホントあんた、不倫ネタ好きだね」

冷めた口調で言われ、天音がムッとして返す。

「べつに好きじゃないっすよ」

「だったらもっと意味のあることやれや」

「だって編集長が決めてるんですもん」

「それよりあんたさ、どうせ次の日曜暇だよね」

「え、暇ですけど」

「おっけー」と楓はスマホをしまった。「今日はもうどっかでご飯食べて帰るよ」

肉まんの最後のかけらを口に放り込み、楓は車を発進させる。

※

あさがお動物園は浦尾市郊外の小高い丘の上にある人気レジャー施設だ。遊園地も併設されており、休日は家族連れを中心に大勢の人でにぎわう。

洸人、美路人、ライオンが入口のゲートをくぐる。初めての動物園にライオンは興奮気味に周囲を見回す。美路人は張り切って前を行く。

「初めにアジアゾウを見ます。次にハートマンヤマシマウマ。クロサイ、アミメキリン。そしてライオンです！」

「待ってー！」とライオンが跳ねるようにあとに続く。「ぼくもライオン見に行く！」

「元気だな……」

やれやれといった感じで洸人がふたりを追いかけていく。

ゾウのエリアに到着したところで、美路人が一心不乱にゾウの生態について説明してくれているがライオンはまったく話を聞いていない。自分の腕をゾウの鼻に見立ててパオーンと鳴き真似をしてみせる。その後もシマウマ、クロサイと、美路人が立てたスケジュール通りに三人で見て回る。毎回美路人の説明付きで、次第にライオンも聞き入るようになった。シマウマは本当にシマシマなんだと変なところに感心する。

そんなライオンのリアクションが洸人にはいちいち面白い。

キリンの柵の前に立つと、想像をはるかに超えたその巨大さにライオンは思わず大きな声で叫んだ。

「でっかーい‼」

すかさず美路人の説明が始まる。

「アミメキリンです。アミメキリンの赤ちゃんの身長は一・五から一・八メートルほどあります。キリンの赤ちゃんは生まれてから一時間以内には立ち上がります」

「みっくん、すごーい」

今度はアミメキリンに関して事細かな説明をしてくれる美路人に、ライオンは感心しきりだった。

すごいと褒められた美路人は自慢げにアミメキリンの説明を続ける。「すごい、すごい」とライオンは間近で見るキリンに興奮している。

洸人がふたりを見守っていると、掲示板の前の若い女性たちの会話が聞こえてきた。

「このポスター可愛いよね」

「ね！　グッズも売ってるらしいよ」

「え、見たい！　行こ行こ！」

美路人のポスターに対しての好意的な生の声に、洸人は思わずにんまりしてしまう。

キリンの次は、いよいよ本命のライオンの登場だ。

ガラス壁をはさんで迫ってくる雄ライオンを前に、ライオンは目を輝かせる。

「すげえ―――！　カッコいいー！」

「ライオンです！　ライオンは百獣の王と呼ばれています。しかし子どものライオンは生存率が低く大人になるのは大変です」

美路人の説明にライオンは驚く。

「そうなの⁉」

「野生動物の世界ではほかの動物に捕食される危険性があります」

「じゃあ、動物園にいれば安全？」

「はい。ここは安全なプライドです」

「よかったぁ」とライオンはうれしそうに微笑む。

ふたりの会話を聞きながら、洸人はふと寝ぼけたライオンのつぶやきを思い出す。

『大丈夫。この家にいれば安全だから』

安全……あのとき、ライオンはどういう意味で言ったのだろう。

ボーッとしている洸人に気づき、「どうしたの？　洸人？」とライオンが声をかけた。

なんでもないよと首を振り、洸人はふたりに訊ねる。

「そろそろ休憩にしようか？」

「しません」

美路人が即答するとライオンも真似をする。

「しません！」

「13時30分にみんなの動物アート展に行きます」

「行きます！」

美路人が歩き出し、ライオンもあとに続く。

「お、おう……」

苦笑しながら洸人はふたりを追いかけていく。


作品展の会場前で時計を確認し、美路人は言った。

「13時30分です。入ります」

その声音で少し緊張しているのが洸人にはわかる。いっぽう、ライオンは美路人の作品がたくさん見られるのが楽しみで仕方ないという感じだ。

会場にはプロのアーティストから子どもまで、幅広い層による動物をテーマにしたさまざまな絵やイラスト、造形物が展示されている。美路人のように障がいを抱えた人たちも多数参加しており、その常識という枠組みにとらわれない自由な表現には、訪れた人々から感嘆の声があがっていた。

三人は順路に従ってそれらの芸術作品を鑑賞していく。

美路人はピックアップアーティストということで特別にコーナーが設けられ、ほかの人たちよりも多くの作品が展示されていた。

飾られている絵を見ながら、ライオンが歓声をあげる。

「うわぁ！　これ、みっくんが描いたの⁉」

美路人は照れくさそうにもじもじしながらライオンに説明していく。

「動物には命の色があります。キリンは129C。ゴリラはブラック3C。ゾウは2071Cと659Cで、みんな命の色を持っています」

「みっくん、スゴい！　カッコいい！」

自分が想像した以上の感動が胸のうちにあふれてきて、洸人は戸惑う。無造作に部屋に置かれた絵を日常の風景として見てきたが、こんなふうにきちんと展示されると、あらためてその芸術性の高さに驚かされる。

「みっくんにしかない特別な感性だね……」

褒められた美路人は照れくささよりもうれしさが増し、笑みがこぼれている。そのとき、「いたいた！　小森さーん！」と声をかけられた。振り向くと美央がこっちに向かって駆けてくる。

「あ、美央ちゃん⁉」とライオンも反応する。

「おっ、私のこと覚えててくれたの？」

「うん！」

「うれしー！」と美央は笑顔になる。

「本当に来てくれたんだ」

「小森さんの弟さんの絵、見たかったんで」

突然現れた見知らぬ女性に美路人は人見知りが発動している。

「あ、弟の美路人です」

美央は美路人の前に立ち、「初めまして。牧村美央です」と右手を差し出す。

頭をかきながら美路人が戸惑っていると、美央から手を取り握ってきた。

「！」

驚き、美路人は思わずその手を引っ込める。

美央はまるで気にすることなく、屈託のない笑顔を向けてくる。

「美路人さんの絵、本当に素敵です。私、ファンになっちゃった」

さらに動揺し、美路人は早口でしゃべり出した。

「ぼ、僕のファン一号は僕のお母さんです。二号はお父さんです。三号はお兄ちゃん。四号は寅じい。五号は船木さん。六号は小野寺さんです」

「みっくん、みっくん」

運営スタッフを引き連れ、船木が慌てた様子でやってきた。

「この人は船木さん。ファン五号です」と美路人が美央に紹介する。

「お話し中ごめんなさいなんだけど、小野寺さんどこかで見なかった?」

船木に訊かれ、美路人は即答する。

「見ていません」

「どうかされたんですか?」と洸人が訊ねる。

「いやぁ」と船木は困った顔を向けた。「急にいなくなっちゃって」

その言葉に美路人は時計を確認する。

「ライブペイント14時からです。あと十五分です」

「そうなのよ……」

スタッフと相談し、もう少し園内を捜すという船木に洸人は手伝いを申し出た。

「え、でも……」

洸人は美央に、少しの間美路人とライオンを見ていてほしいと頼む。

「もちろんです。あ、ここで待ってますね」

船木と一緒に洸人が会場を去ると、美路人はしきりに時計を気にしはじめた。そんな美路人に美央が声をかける。

「心配だよね。でも、お兄さんも捜してるし、きっと大丈夫――」

「トイレに行きます」と美路人がさえぎる。

「え⁉」

「トイレに行きます」

美路人が歩き出すと、「ぼくもおしっこ！」とライオンもあとを追う。

さすがに男子トイレまではついていけない。ふたりの背中に向かって美央が叫ぶ。

「ここで待ってますよー！」

用を足し、ふたりがトイレを出ようとしたとき、奥の個室からうなり声が聞こえてきた。美路人が「?.」と足を止める。

「どうしたの？」

「お、小野寺さんの声がします……？」

美路人が声の聞こえる個室のほうへと向かい、ライオンもあとをついていく。

「う……ぐ……」

個室の扉をノックしながら美路人は訊ねる。

「小野寺さんがいますか……？」

しかし、うめき声だけで返事はない。

下から覗き込もうと美路人がしゃがんだとき、「ぼくが見てあげるよ！」とライオンがその首にまたがった。

「！　なんですか⁉」

「みっくん、そのまま立って」

肩車の状態で美路人はずりずりと立ち上がる。

ライオンが個室の中を覗くと、大人の男の人が便座にうずくまり、うなっている。

「小野寺さんですか⁉」

突然頭上から降ってきた声に、小野寺は顔を上げ、叫んだ。

「あぁぁぁぁぁぁぁぁ！！！　だ、誰⁉」

「小野寺さんの声がします！　小野寺さんがいます！」

ライオンを降ろし、美路人は扉越しに小野寺に話しかける。

「14時からライブペイントです。あと二分十五秒です」

扉の向こうから弱々しい声が返ってきた。

「お……お腹が痛いです」

「お客さんが来ています」

「う……痛いです」

どうするの？……とライオンが美路人に目をやる。

考え込む美路人に扉の向こうから声がかかった。

「みっくん……投げます」

「な、な……なんですか？」

「投げます……！」

「？」

「やぁ！」

かけ声と同時に個室の扉の上を越えて、筆ケースが飛んできた。美路人の頭に当たって跳ねたところを反射的にライオンがキャッチする。

「……取った！」

掲げた筆ケースを見つめながら、美路人は小野寺の思いを考える。

ライブペイント用に設えられたステージの脇で、マイクを手にした船木が客たちに向かって説明をしている。

『えー、まもなくお時間となりますが、皆さま、いましばらくお待ちいただけますでしょうか……申し訳ございません』

そこにライオンを伴い美路人がやってきた。その手には小野寺の筆ケースがある。

「みっくん……！」

船木に歩み寄り、美路人は言った。

「あと十二秒でライブペイントです」

「そうなんだけど、小野寺さんまだ見つからなくて」

美路人は黙って時計を見つめる。一秒、二秒と数字が進んでいく。14時になると美路人はスマホとリュックを置き、ステージへと上がった。

「え……みっくん……!?　え……え……!?」

ステージに上がると、美路人は用意されていたキャンバスの前に座り、握っていた小野寺の筆ケースを広げる。

ステージにいるのが美路人だと気づき、「なんで……」と美央が近づいていく。

そこに洸人が戻ってきた。ステージで絵を描く準備をしている美路人を見て、「どうなってるの、これ……」と絶句する。

ステージ脇にライオンの姿を見つけ、洸人は急いで駆け寄った。

うれしそうにライオンが言う。

「みっくん、描くんだよ」

想定外の出来事に動揺しつつも船木はマイクに向かった。

『えー……急遽予定を変更し、みっくん……小森美路人さんが絵を描いてくれるということで……』

美路人は自分を落ち着かせるように、いつも口にしているライオンの種類を繰り返しつぶやきながら、キャンバスと対峙（たいじ）している。すでに頭の中には描こうとする絵が生まれつつあった。

観客席では何が始まるのかと子どもたちがざわつきはじめたこともあり、ステージ脇の洸人がハラハラしながら見守っている。

『えー、では！　準備万全……のようですので、これよりライブペイントを――』

そのとき、マイクがハウリングし、「キーン」という不快な音が会場に響いた。

美路人は驚き、両手で耳をふさぐ。

集中の糸が切れ、美路人は一気に不安になってきた。途端に今まで見えていなかった会場の人たちの姿が視界に飛び込んでくる。

興味津々で自分を見つめる目、目、目……。

「あ、あ、あ……」

美路人の様子がおかしいことに気づいた客席がざわつきはじめる。それが新たな不協和音となり、自分に向けられる視線を投げつけられた石つぶてのように感じてしまう。

美路人はうなりながらステージを行ったり来たりしはじめる。その拍子にイーゼルを倒してしまい、「うわっ」と客席から声があがる。

「大丈夫⁉」

たまらず洸人はステージに上がった。歩き回る美路人を抱きとめ、耳もとでささやく。

「みっくん、落ち着いて……落ち着いて……」

「うー……うー……」

美路人の体を抱きながら、「すいません」と洸人は客席に頭を下げる。

「なんでこんなこと……ちょっと向こう行こう。向こうで話そう、みっくん」

「う――――！……」

「大丈夫。大丈夫だから」

洸人が美路人をステージから降ろそうとしたとき、ライオンが上がってきた。

「はい！」と美路人にゴーグルを差し出す。

「……」

「これ、つけたら？」

「ライオン、ちょっとあっちで待ってて」

洸人を無視して、ライオンが言った。

「みっくんの絵、ぼく楽しみ！」

「う……う……う……」

「ライオン」と洸人が退(しりぞ)けようとしたとき、美路人がゴーグルを手に取った。

「！」

「バーバリライオン、アンゴラライオン、ケープライオン……バーバリライオン、アンゴラライオン、ケープライオン」と唱えながら、美路人はゴーグルをつける。

ステージに落ちてしまった小野寺の筆ケースをおそるおそる手に取る美路人に、「みっくん、描いてみますか？」と船木が声をかける。

美路人は筆ケースをじっと見つめる。この筆を使って美しい世界を描き出す小野寺の姿が脳裏によみがえる。

「……描きます！」

倒れてしまったイーゼルをもとに戻し、美路人はふたたびキャンバスと対峙する。

自分の内側からイメージが湧き上がってくる。

筆に絵の具をつけ、白いキャンバスに繊細に線を引いていく。

「……みっくん」

豹変した美路人に戸惑いつつ、洸人はステージの端へと移動する。

船木が客席で見つめる人たちに、美路人の人となりを説明していく。

『小森美路人さんは、ここ、あさがお動物園のポスターの絵も描いたんです。普段はプラネットイレブンという会社に勤めていて、これからがとても期待されるアーティストです。今日は果たしてどんな絵になるのか、楽しみですね』

靴下を脱いで裸足になり、顔や体を絵の具だらけにしながら無我夢中で自分の世界を作り出していく美路人を、ライオンがうれしそうに美路人のすぐ横に座り見つめている。

興が乗った美路人はイーゼルからキャンバスを外し、床に寝そべって描きはじめた。

その自由奔放さに観客も引き込まれていく。子どもたちはステージに上がり、ワイワイ盛り上がりながら絵を描く美路人を見守っている。

大勢の人たちに見られていることも忘れ、我が家にいるときと同じように楽しそうに絵を描いている美路人に、洸人は思わず笑ってしまう。

絵が完成し、我に返った美路人はおそるおそるゴーグルを外した。

キャンバスには独特の色彩で描かれた堂々たる一頭の雄ライオンがいた。

『どうやら完成したようです』

客席から驚きと感動の声が次々とあがり、やがてそれは拍手の波へと変わっていく。

拍手の音はどんどん大きくなり、会場全体が一つになる。

美央は手が痛くなるほど強く叩き、船木も司会を忘れて拍手をしている。

手を叩きながらライオンが美路人を見上げる。

「やっぱりみっくんの絵、カッコいいー！」

ライオンの真っすぐな褒め言葉に、美路人が得意げに胸を張り、自らも手を叩く。その瞳はうっすら濡れていた。

弟が多くの人に認められ、称賛の拍手を浴びている――。

うれしくてたまらないはずなのに、なぜか洸人の胸中は複雑だった。

鳴りやまぬ拍手のなか、小野寺がステージ脇にやってきた。

「小野寺くん、どこ行ってたの……！」

船木の横でキャンバスを見つめ、小野寺がつぶやく。

「みっくんの絵、すごいです……」

気づいた美路人が小野寺に歩み寄り、筆ケースを返す。

ふたりはにっこりと微笑み合った。


沈みはじめた太陽が空をやわらかな橙色に染める。ふれあい広場では美路人とライオンがヤギと触れ合っている。柵の向こうで洸人と美央がふたりを見守っている。

「美路人さん、本当すごかったです。絵にパワーがあって、見てて鳥肌立ちました」

興奮冷めやらぬという感じで熱く語っていた美央だったが、沈んだような洸人の表情に気づき、「ん？」とうかがう。

「どうしたんですか？」

「いや……最近、みっくんの見たことない顔ばっかり見てるなぁと思って」

「そう、なんですね……」

「もしかしたら……今まで、僕がみっくんの可能性を狭めてたのかなって」

おそるおそるヤギに触れる美路人の、でも楽しそうな顔を見ながら、洸人は自分の中に生まれた思いを吐露していく。

「人に迷惑をかけたくないとか、自分にとって都合がいいようにとか、そういうの気にして、弟はこういう人間って決めつけて……。でも、ライオンがうちに来てから、みっくんなんか変わってさ」

「……じゃあ、ライオンくんが来てくれてよかったですね」

「え？」

「三人で一緒にいることに、意味が生まれてるのかも……」

そうつぶやき、美央はハッとして「すいません。無責任ですね」と苦笑する。

「ううん。ありがとう」

洸人は気持ちを切り替え、言った。

「でも、この生活にもそろそろ区切りをつけなきゃだけど」

「……え？」

「明日、ライオンのお父さんに会ってこようと思って」

「……ライオンくん、お父さんいたんですか？」

「僕もこの間知ったんだけど。だから、このまま暮らしてるわけにはいかなくて」

「でも、痣のこととか……」

「うん」と洸人はうなずく。「その件に関してもちゃんと聞いてこようと思ってる」

「そうですか……」

そのとき、ライオンがこっちに向かって駆けてきた。

「洸人！　美央ちゃーん！」

ふたりに付き添っていた動物園のスタッフが、「よかったらご一緒にお写真どうですか？」と声をかけてくる。

看板の前に洸人、美路人、ライオン、美央が並ぶ。

「なんかすいません、私まで」

遠慮がちに三人から少し距離をとる美央に、カメラを構えたスタッフが言った。

「女性の方、もう少し近づいてもらって」

すかさず美路人がスタッフに教える。

「この人は牧村美央さんです。今日僕のファンになりました！」

「それ自分で言う？」と洸人が笑う。

「さっきのステージ見て、もっとファンになりましたよ」

美央にそんな言葉をかけられ、急に美路人は緊張してしまう。

「もっとファン……」

「皆さん、もう少し中央にお願いしまーす！」

スタッフの声で美央がさらに近づき、美路人の肩に体が触れる。

「！……」

「みっくん、赤くなってる！」

ライオンにからかわれ、美路人が言った。

「夕陽の色です……！　夕陽の色はブライトレッドとイエロー012を混ぜます！」

みんなの顔から笑みがこぼれる。

その瞬間、シャッターが切られた。


風呂上がりの洸人が髪を拭きながら居間に入ってきた。テーブルに置かれたライオンのスマホを見たが、相変わらず愛生からの返信はない。

ふと開いたカーテンの向こうを見ると、美路人と一緒にライオンが寝ている。美路人の体を枕代わりにして、その小さな体を預けている。

美路人にとってあのスペースは絶対不可侵領域だったはずなのに……。

洸人は驚きつつ、動物園での美央の言葉を思い出す。

『三人で一緒にいることに、意味が生まれてるのかも……』

やすらかに眠るふたりの寝顔を見ながら、洸人は自分も変わらなければいけないのだろうかと自問する。

しかし、その答えはなかなか出なかった。

※

日曜日。

慌ただしく出かける準備を終え、洸人が玄関に出ると美央はすでにライオンと一緒に待っていた。

「お待たせしました」

「いいえ」

「本当に申し訳ない。今日に限って預けるところがなくて」

「全然」と美央は笑顔で首を横に振る。「元保育士ですからお世話は大得意です」

「ありがとう。美路人のこともあるから、本当に助かる……」

「そういえば、美路人さんって今日は」

「日曜日はいつも、さくらんぼ教室っていうところに行ってから戻ってくる」

「お友達と一緒にお勉強するんだって！」とライオン。

「そうなんだね」

「じゃあ、ライオンのことよろしくお願いします」洸人があらためて美央に頭を下げる。

「はい」

「行ってらっしゃい！　洸人」

複雑な気持ちを隠し、洸人はライオンに笑顔を向けた。

「行ってきます」


甲府商工会議所の多目的ホール。入口脇に『たちばな都市建設主催　リニア駅周辺事業　住民説明会会場』の立て看板が出ている。

会場となる大会議室では祥吾が数名のスタッフに指示を出しながら、説明会の準備をしている。たちばな都市建設の社員のほかに、樺島工務店と書かれたジャンパーを着た男性も数名、準備を手伝っている。

住民たちが続々と入室するなか、入口から楓と天音が祥吾の様子をうかがっている。

「こんな状況で日曜まで働かされて、かわいそうっすね」

「……」

「お兄さんが社長なんすよね？　なら休ませてあげればいいのに」と天音が続ける。

「家族の会社だからっていい環境とは限らないでしょ。現に橘家は代々幹部なのに橘祥吾だけヒラ社員って」

「なんか闇感じるっすね」

やがて時間となり、説明会が始まった。

祥吾が進行役を務め、会社側のテーブルの中央には社長である兄の春一の姿もある。

「それでは、ここからは弊社代表の橘春一より皆さまにご説明させていただきます」

祥吾に振られ、春一がマイクを手に取った。

「えー、現在玄乃区域の人口は微増となっておりますが、中長期的に見ると減少する見込みです。そこで我々はリニアタウンとして他県からも人が集まる都市開発を――」

会場全体を見渡せる後方で楓と天音は話を聞いている。大口開けてあくびをする天音をひじで小突いたとき、ふと斜め前にいる三十くらいの男が視界に入った。男は話をしている春一には目もくれず、会場の隅に控える祥吾を凝視している。

「……？」

天音がスマホで会場内の写真をこっそり撮りながら楓にささやく。

「住民の人、俺は反対だ！とか騒がないんすね。もしかして、相当立ち退き料もらえるんじゃないっすか。じゃないとこんな静かなわけないっすもん」

祥吾の近くに座っていた樺島竜太郎が天音の盗撮に気づき、祥吾に耳打ちする。すぐに祥吾は動き出す。

「あんたさ、もう少し真面目に聞くふりできないの?」

楓が天音に注意したとき、「失礼ですが」と背後から祥吾に声をかけられた。

「今、お写真撮られていましたか?」

「え、いや……」

うろたえる天音に祥吾が訊ねる。

「もしかして、マスコミの方……?」

「あ……はい」

認めんなよ。バカ!

心の中で楓が毒づく。

「申し訳ございません。今回は住民の方以外のご参加をお断りしておりまして。ご退席いただけますか」

「はい……」

仕方なく天音は席を立ち、出ていく。素知らぬふりをしている楓に祥吾が言った。

「あの……あなたも」

「……ですよね」と笑みを浮かべ、楓も会場も出ていく。

その様子を洸人がチラチラとうかがっている。


説明会が終了し、祥吾たちが会場をあとにする。住民たちとともに会場を出た洸人はすぐに祥吾を追いかけ、「あの！」と声をかけた。

振り返った祥吾をかばうように樺島が立ちふさがる。

「なんでしょう？」

「あ、橘祥吾さんに――」

「あなたも記者の方ですか？」

「いや……」

「すいませんけど、お引き取り願えますか？」

ふたりは洸人に背を向け、そのまま控室のほうへと去っていく。

ため息をつき、その場に佇む洸人に楓が近づく。

「行っちゃいましたね」

「えっ……」

「橘祥吾。あなたも母子行方不明のことで話聞きに来たんでしょ？」

「あ、いや、あ、はぁ……」

口ごもる洸人を楓はじっと見つめる。

そこに天音が戻ってきた。

「工藤さん、クルマ前につけました！」

「おっけー」と軽く返し、楓は洸人の顔を覗き込む。

「よかったら一緒に取材行きます？」

「へ……」

「情報交換しましょ。記者仲間として」

洸人はすばやく頭を回転させる。

このまま記者のふりをして情報をいただくのが得策かもしれない……。

うなずき、洸人は楓のあとに続く。


楓がハンドルを握る車の後部座席に洸人が乗っている。運転しながら楓が言った。

「週刊真相の工藤です」

「同じく天音です」と助手席の天音が体をひねり、シート越しに名刺を渡す。受け取りながら洸人が返す。

「小森と申します。すみません。今、ちょっと名刺を切らしていて」

「どちらの記者さんですか？」と楓が訊ねる。

「えっと……フリーです」

「フリーで地方のこんな小さいニュース追うって、珍しいっすね」と天音。

「ちょっと気になってて……」

愛想笑いでごまかし、洸人は逆に探りを入れる。

「……このニュースのことはもう結構調べられてるんですか？」

「いや、本格的な情報収集はこれからですね」

「あ……そうだったんですね……」

運転しながら、楓はバックミラーに映る洸人の表情をうかがっている。

楓が車を停めたのは郊外にある立派な邸宅の前だった。三人は車を降りた。

「ここが橘さんのお宅です。まぁ、最近は会社に寝泊まりして、しばらく帰ってないみたいですけど」

洸人は門の外から邸内をうかがう。庭には幼児用の自転車が転がり、小さな滑り台もある。この家に小さな子どもがいるのがわかる。

ここで姉とライオンが暮らしていた……。

でも、なぜだかその絵が浮かんでこない。

次に楓が向かったのは家の近くにある保育園だった。建物から少し離れた場所に車を停めると、「ちょっと話聞けそうな人探してきます」と天音が降りる。

「ここは……？」

「……なるほど」

「行方不明の橘愁人くんが通っていた保育園です」

「小森さん」

楓が何かを訊ねようとしたとき、洸人のスマホが震えた。

「すみません。すぐ戻ります」と洸人は車から出ていく。

「……」

車から少し離れ、洸人は電話に出た。

「もしもし」

「あ、ごめんなさい。今、大丈夫ですか？」と美央が訊ねてくる。

「うん」

「全然大したことじゃないんですけど、ラップってどこにあります?」

「あー、食器棚の右側にある引き出しかな」

「食器棚……あ、そういえばどうですか、そっちは」

ライオンが近くにいるのだろうか、美央は声をひそめて訊ねた。

「会えました? お父さん」

「いや、まだちょっと時間かかりそうで……」

「……そうなんですね。あっ、ラップありました。すいません。お騒がせしました」

電話を切るとラップを見つめ、美央は少し考える。電話をかける前から手に持っていたのだ。ラップを食器棚に戻してスマホを取り出し、つい最近『X』と登録したアドレスを呼び出した。すぐにメッセージを打ち、送信する。

それは洸人がライオンのスマホでやりとりしている相手、柚留木だった。


「失礼しました」と楓に声をかけ、洸人が車内に戻る。

「奥さまですか?」

「いや、結婚してないんで」

楓は探るようにバックミラーで洸人の表情をうかがう。

「僕たちも取材に行かなくていいんですか？」

答えず、「小森さんはこの行方不明をどう思ってます？」と楓は訊ね返す。「母子の無理心中。もしくは不慮の事故。あるいは誰かに突き落とされて亡くなったか……」

「いや……まだ亡くなったと決まったわけじゃ」

「死んでるでしょ。血痕のついた衣類が見つかってるんですよ？」

「……そうですけど」

ふいに楓が振り返った。

「なんで生きてると思うの？」

「いや……生きてたらいいなって……願望です」

「願望？　変な記者ですね」

楓に言われ、洸人は自分の失態に気がついた。

たしかに記者だったらよりセンセーショナルな事件のほうがいいに決まっている。

そこに足どり軽く天音が戻ってきた。開いた窓越しに楓に報告する。

「職員に話聞けたんですけど……どうも橘愛生は若い男と不倫してたみたいで」

「不倫!?」

思わず洸人は大きく反応してしまう。

「はい。それで子どもを連れて家を出たらしいって……噂です」

「なんだよ、噂か」

「でも行方不明になる前、しばらく保育園を休むっていう連絡をしてたみたいで」

「なるほどね。計画的だったってことか……」

「……」

「よし。ま、とりあえず、橘愛生のパート先を洗いますか」

　エンジンをスタートさせた楓を見て、天音は慌てた。

「ちょちょっ、俺も乗ります！」

　楓はふざけて、そのまま車を発進させた。

「えっ、楓さんっ」


　愛生のパート先のクリーニング店は最寄り駅前の商店街にあった。店主は六十がらみの気のよさそうな男だった。アイロンをかけながら楓と天音の質問に特に嫌な顔をすることなく答えてくれる。

「三週間ぐらい前かな……突然パートを辞めたいって言い出して」

「愛生さん、何か変わった様子はありました？」と楓がさらに訊ねる。

少し考え、店主は言った。

「ちょっと元気がなかったかなあ。引き留めたんだけどね」

「男の噂とかは？」

天音の質問を、「ないない」と店主は笑い飛ばす。「ほら夫婦仲もよかったでしょ。よくご主人が店まで車で迎えに来てたし」

「そうなんですね」と楓はうなずいてみせる。

「だから見てらんないよね。ご主人、憔悴しきってるから」

ふたりの後ろで店主の話を聞きながら、洸人の中でいくつもの疑問が生まれていく。


取材をひと通り終え、楓は洸人をスナックかすみへと連れていった。まだ準備中だったが、楓は我が家のように遠慮なく入っていく。

そんな楓にママのかすみは苦笑しつつ、三人を奥のテーブルに案内した。

普段から仕事に対してがむしゃらに突き進む楓を、かすみは温かく見守っているのだ。

「なんか、橘愛生ってつかみどころがない人ですね」

容器のまま出された麦茶を皆のグラスに注ぎながら、天音が言った。祥吾の証言、保育園職員の証言、クリーニング店の店主の証言、それぞれがひとりの人物像としてうまく結びつかないのだ。

「橘愛生は誰とも深く付き合わないタイプだったのかもね」

楓の推測に、「なるほどね」と天音がうなずく。

「で？」と楓は洸人に顔を向け、訊ねた。「実際はどんな人なの？」

「え……」

「小森さんって記者じゃないでしょ。橘家とどんな関係なの？」

正体を見透かしているかのように、鋭く切り込んでくる楓に洸人は戸惑う。

「え、そうなんすか」と天音は素っ頓狂な声をあげた。「まさか、例の不倫相手⁉」

「いや、そんなわけ……」

妙にテンションが上がった天音を楓が諫める。

「ちょっとアンタうるさいね」

「すいません……」

「そうだね……」と楓は舐めるように洸人を見回し、隣に移動する。「例えば橘愛生の弟……とか？」

「！……なんでわかったんですか……」

「え、ごめん。一発で当てちゃった」

「うわ、当てずっぽうですか？　すごいっすね」と天音は尊敬のまなざしを楓に送る。

鎌をかけられ簡単に正体を暴露してしまった自分自身に、洸人はあきれてしまう。

「でも、だったらなんでわざわざ記者のふりなんかしたの？」

「それは、とっさに……。姉とは子どもの頃に数年一緒に暮らしてただけで、かすかに記憶が残ってる程度なんです。だから、いろいろ知れたらなって」

「じゃあ、子どもがいたことも知らなかったんだ」

「……はい」

嘘か本当か探るように楓は洸人を見つめる。

「うーん……ま、いいや。とりあえずお腹すいた」

視線を外し、楓はカウンターのかすみへと体を向ける。

「ねぇママ、なんか作ってー」

「もー、まだ開店前なんだけどー。ま、いいけどっ」

この状況で自分はどうすべきだろうか……。

せっかく山梨まで来たのに、結局新しい情報はほとんど得られていない。むしろ、謎が深まっただけじゃないか。

「あの……」と洸人はおもむろに口を開いた。「やっぱり僕、もう一度橘祥吾さんに話聞きに行ってきます。今日のうちに会っておきたいので」

　席を立った洸人に、カウンターからかすみが声をかけた。

「だったら、いい情報知ってるよ」

「え、何かご存じなんですか？」

　振り返った洸人に向かって、かすみは意味深な笑みを浮かべる。

「？」

「たぶん、教える代わりに高いお酒を入れてくれ、という顔ですね」と天音が解説する。

「え……」


　繁華街の裏通りの一角に楓が車を停めた。ビルの入口に『CLUB　GALAXY　MOON』と記された看板がある。かすみに渡されたコースターの裏に書かれた店名と見比べ、「ここですね」と天音が言う。

　その看板の雰囲気から女性が接待する類いの店だとすぐにわかる。

　こんなところに……？

　頭の中にクエスチョンマークを浮かべつつ、洸人は天音とともに車を降りた。

　暖色系の照明と高級そうなインテリアがラグジュアリーな空気を醸し出す店内で、露出度高めのドレス姿の若い女性に密着された洸人が居心地悪そうに座っている。いっぽう、天音は心からこの状況を楽しんでいるようだ。

「全っ然来ないっすね」

隣に座るホステスとの会話が途切れ、天音が洸人に耳打ちした。

「さすがにこの状況で、こういうお店に来るとは思えないんですけど」

洸人が返したとき、新たな客が入ってきた。思わず目をやるも祥吾ではない。

やはり、無駄足だったか……。

耳に差したイヤホンから『天音っ』と楓の声が飛んできた。天音は、「はいっ」とジャケットの袖口に仕込んだワイヤレスマイクに小声で答える。

『あんまりはしゃがないでね』

「わかってますよ。仕事中なんですから」

「なになに」と隣のホステスが顔を寄せてくる。「女のコと電話してるのー？」

「違うよ。女のコのわけないじゃん」

『クソが』

舌打ちが聞こえるが天音は無視。洸人へと目をやると、しきりに時計を気にしている。

「あれ、このあと予定でもあるんですか？」

「え？　あぁ、ちょっと帰りの時間が」

「そうなんですね」

また会いに来ればいい。わざわざこんなところで会わなくても……。

「……すいません。やっぱりまた別のときに会いに来ます」

洸人が席を立とうとしたとき、新たな客が入ってきた。目を向けると、樺島と連れ立って祥吾がやってくるのが見える。

天音がマイクに向かってささやく。

「来ました。橘祥吾」

黒服が店の奥のＶＩＰルームへと誘い、祥吾はリラックスした表情で続く。

天音がさりげなくホステスに訊ねる。

「ねぇ、今来た男性ってこの店によく来てるの？」

「うん。常連さんだよ」

「……ちょっと、お手洗い行ってきます」

天音に告げ、洸人は席を立った。

トイレを通りすぎ、その先にあるにＶＩＰルームの様子をこっそりうかがう。ゴージャスなシャンデリアが飾られたゆったりとした空間で、祥吾がホステスたちと笑顔で乾杯している。

これが、妻子が行方不明になっている人間の顔……。

理解不能で、洸人はその場に立ち尽くす。

席に戻り、「失礼します」と天音に声をかけ、洸人はそのまま店を出た。

「え……あ、ちょっと小森さん――」

『天音？　どした⁉』

※

我が家の明かりを見た途端、どっと疲れが押し寄せてきた。石段を上り、家に入る。

「ただいま……」

洸人が居間に入ると、「お帰りなさい」と美央が迎えてくれた。おもちゃを片づけながら「ライオンくん、ぐっすり寝てますよ」と微笑む。

「本当ありがとう」

美央にあらためて礼を言う。

いきなりカーテンが開き、美路人が出てきた。

「お兄ちゃん、お帰りなさい」

「みっくん、まだ起きてたの……？」

「美路人さん、小森さんにどうしても見てほしいものがあるって」

「？」

美路人が差し出したのは一枚の画用紙だった。

「！……どしたの、これ……」

小さな雄ライオンを真ん中に、洸人と美路人と思われる人物が描かれている。背景は我が家だ。三人は微笑んでいるように見える。

「ライオンと一緒に絵を描きました」と美路人がうれしそうに言う。

「……」

「ライオンが一緒に描きたいと言いました。僕とライオンが描きました」

感極まり、なかなか言葉が出ない。ようやく絞り出すように洸人は言った。

「……すごいじゃん、みっくん」

「お兄ちゃんと僕とライオンは、同じプライドの仲間です」

微笑みながら洸人はうなずく。

「……ちょっと、じっくり見せて」

美路人は怪訝な顔で訊ねた。

「ちょっとですか？　じっくりですか？」

洸人の顔から笑みがこぼれる。

「たくさん、見せて」

「はい。たくさん見ていいです」

美路人は洸人に画用紙を渡すと、「寝ます」と部屋に引っ込んだ。

閉まったカーテンに、「おやすみ」と声をかけ、洸人は噛みしめるように絵を眺める。

美路人が人の絵を描くのは初めてだった。


家の前の道にタクシーが停まっている。送りに出た洸人が美央に言った。

「今日はありがとう。このお礼はちゃんとするから」

「じゃあ、駅前のイタリアンで」

「了解」

「……それより、どうだったんですか？　ライオンくんのお父さん」

「実は……何も話せなかった」

「？」

「ライオンを帰そうって思えなくて……」

「……」

「だから、もうしばらく三人でいようって思ってる」

「そうですか……私もそれがいいと思います」

背中を押すように断言する美央に、洸人は微笑む。

「ありがとう」

「じゃあ、また明日。ランチ忘れないでくださいね！」

「はい」

美央を見送り、居間に戻った洸人はソファに倒れ込んだ。

美路人とライオンが描いた絵をふたたび眺める。そのうちに睡魔に襲われ、いつしか洸人は眠りに落ちていった。


ガシャーン！

グラスが割れる音に驚き、洸人は目を覚ました。

「……え、なに……？」とソファから身を起こし、「どした⁉」と音のしたほうを見る。

「あ、あ、あ、コップが割れました。トラブルです」

パニックになった美路人が頭を抱えている。食卓の脇でテレビを見つめながら呆然と立ち尽くしていたライオンが、いきなりトイレに向かって駆け出した。

テレビに映っているのはニュース番組のようだ。河川敷で慌ただしく動き回る警察をバックにマイクを手にしたリポーターの女性が話しはじめる。

『昨日夜、山梨県と静岡県の県境に位置するこちらの笛乃川で女性の遺体が発見されました。今月十二日には行方がわからなくなっている橘愛生さんの血のついた衣類が発見されていて、警察は亡くなった女性との関連を調べているということです』

「これ……」

まさか、姉なのか……。

4

朝、ソファで熟睡する洸人を美路人とライオンが不思議そうに見つめている。

「お兄ちゃんがソファで寝ています」

「口開いてる……」

「7時15分です。朝ご飯の時間です」

美路人はテレビをつけ、冷蔵庫から牛乳パックを取り出す。コップと目線の高さを合わせ、慎重に牛乳を注ぎはじめる。

「ぼくも飲む！」

ライオンは美路人の横でいつもの線のところまで牛乳が注がれていくのを見守り終えると、自分のコップに牛乳を入れ、それを持って自分の席に向かう。朝の情報番組がニュースを流しはじめた。

『昨日、山梨県笛乃川で女性の遺体が発見されました。今月三日から行方がわからなくなっている橘愛生さんの可能性があるとみて——』

テレビから突然聞こえてきた母親の名前にライオンの足が止まる。

「……ママ」

つぶやきが耳に入り、美路人がライオンを見る。

ライオンの手からコップが落ち、床に当たって砕けた。

ガシャーン！

「……え、なに……？　どした⁉」

目を覚ました洸人がソファから身を起こす。

「あ、あ、あ、コップが割れました。トラブルです」

パニックになった美路人の横でテレビを見つめていたライオンが、イスに座らせていたぬいぐるみを手に取り、いきなりトイレに向かって駆け出した。

テレビ画面には河川敷で慌ただしく動き回る警察を遠景に、マイクを手にした女性リポーターが映っている。

「……これ……」

姉らしき遺体が発見されたという報道を呆然と聞いていた洸人は、ハッとなる。

ライオンもこのニュースを見たんだ……！

洸人は慌ててトイレに向かう。

「……ライオン」

ライオンはざわざわと騒ぐ胸を静めようと、持っていたぬいぐるみの中に隠していたメモ帳を取り出し、じっと見つめる。

それでも不安は去ってはいかない。

ママ……。

かすかに扉を叩く音が聞こえ、不思議に思った寅吉が開けると、店の外に美路人が立っていた。

「どうした？　美路人」

「トイレに行きます」と店に入ってきた。どうやらひとりのようだ。

「家の壊れたか？」

「壊れていません。ライオンがトイレから出てきません。ライオンはニュースが怖いです」

そう言って、美路人はトイレに入る。

あのニュースか……。

寅吉は山梨の母子行方不明事件のことを思い出す。行方不明の息子がライオンと同じくらいの年頃だったので気になっていたのだ。それに『橘愛生』って、まさか……。

しかも、ついさっき女性の遺体が発見されたとかなんとか……。

トイレから出てきた美路人に寅吉が訊ねる。

「ニュースってどういうことだよ、美路人」

「ライオンのお母さんが死にました」

「……え」


ようやくドアが開き、ライオンがトイレから出てきた。

「……大丈夫？」

おずおずと訊ねる洸人にライオンが言った。

「お腹痛い」

「お腹⁉」

「寝る」

和室に向かうライオンに、洸人はかける言葉が見つからない。

少し時間を置いて部屋を覗くと、ライオンはぬいぐるみと一緒に布団にもぐり込んでいた。

「お腹の具合、どう？」

「……」

「そろそろ仕事行かなきゃだけど、どうしようか……」

ライオンは答えず、ぬいぐるみをギュッと抱きしめる。

迷いつつ、洸人は口を開いた。

「……ライオン、さっきのニュースのことなんだけど」

「うるさいっ!!」

これ以上踏み込んでくるなとばかりにライオンは洸人に背を向けた。

朝の光が差し込む部屋で、デスクについた柚留木がパソコン画面を見つめている。

『横部宗司（46）を消してください。お願いします』

新規依頼のメッセージを読み、柚留木は『承認』のボタンをクリックする。

その顔からはなんの感情も読みとれない。

朝食を載せたトレイを手に洸人が和室に入っていく。ライオンはまだ布団をかぶったままだ。その背中に話しかける。

「朝ご飯、食べられる?」

「……」

「そんな気分じゃないか……」

枕もとにトレイを置き、どうしようかと洸人は思案する。

支度を終えた美路人が部屋を覗き、言った。

「8時です。車が来ています」

「もうそんな？　ごめん。お兄ちゃん、今行けないから先に行ける？」

かすかに不安の色を覗かせたが、美路人は言った。

「……8時です。仕事に行きます」

踵を返し、去っていく。

「あ、みっくん水持った？」

洸人が腰を上げかけたとき、ライオンに手をつかまれた。

「？　どした……」

その手がなんだか熱いように感じ、洸人は腕や首もと、額に触る。

「え……もしかして、熱ある……？」

「……」

体温を測ると三十八度四分もあった。

「え……ウソ、待って……」

慌てて居間に戻り薬箱から解熱剤を探す。あるにはあったが十五歳以上と書かれている。

「うわ……」


ご機嫌な様子で鼻歌まじりに出勤してきた貞本のポケットでスマホが震えた。見ると洸人だったので、すぐに出る。

「おう、小森。どした？」

「今日ちょっと遅れそうで……もしかしたら休むかも」

慌ただしげな様子でそんなことを言う。

「なに、お前体調でも悪いの？」

「結構熱高くて、飲めそうな薬もなくてさ……あ――――！」

氷をばらまいてしまい飛び出した声だったが、電話の向こうの貞本にわかるはずもない。

「え、大丈夫か？」

「こういう場合、小児科でいいんだっけ？」

「は？　なんでおめーが小児科なんだよ。内科だよ内科」

「いや子どもだよ」

「あぁ、子どもか。あ、え……？　お前、子ども……」

さっきからどうにも言ってることがトンチンカンだ。いっぽうの洸人も細かい説明をしている余裕がなく、「あーうん」と貞本の言葉を聞き流している。

「なんだよ、子どもいたのかよ⁉　言えよ、水くさい！」

「あー……もういいや！　熱があるんだけど、保険証がなくて……」

「落ち着け落ち着け！　そんなのあとからどうとでもなるから、とりあえず早く病院行ってこい」

「……わかった。ありがとう」

切れたスマホを見つめ、貞本がつぶやく。

「隠し子……？　わぉ、ミステリアスガイ……」

週刊真相編集部。デスクについた編集長の田島秀孝（たじまひでたか）が天音から山梨の母子行方不明事件についての取材報告を受けている。差し出された写真を一瞥し、訊ねる。

「……で、これは？」

「夫の橘祥吾です。妻子が行方不明中にこのような姿をとらえました」

どこかのクラブだろうか。若い女性をはべらせた四十くらいの男が楽しそうに酒を飲んでいる。理知的で清潔感のある佇まいは、いかにも女性にモテそうだ。

「つまり？」と田島が先をうながす。

「なんか、匂います！」

「え、なんで？」

まさか理由を問われるとは思わず、天音は一瞬キョトンとする。

「あ……いや、めちゃくちゃ笑顔なんで！」

田島はわざとらしく大きなため息をつき、言った。

「じゃあなに、家族が行方不明になった人は四六時中ずっと悲しい顔してなきゃいけないの？　息抜きもダメですか？」

「いや……」

「妻子が心配で心配で、気を紛らわすためにこうやって飲んでたって可能性はないのか？」

「でもその……はい……」

「若いヤツはそうやって先入観で動くからすぐ失敗すんだよ」

天音へのダメ出しを終え、「おい、工藤！」と田島は奥の応接コーナーでだるそうにスマホを眺めている楓に矛先を向けた。

「はーい」と楓が重い腰を上げて、やってくる。

「亀ヶ谷議員の不倫ネタ、どうなってんだよ」

「どうなってるって、もうホテルに入っていくところ撮って共有したじゃないですか」

「弱い。六股なら六人全員撮ってこいよ！」

「それより今はこっちのほうが事件性あるので」と田島が持っている写真を指さしながら反論する。

「うちは週刊誌なんだよ！　いつまでも新聞社にいる気分で好き勝手動くな」

ムッとする楓に、「こういうのは新聞に任せて、早くゲスくてバズるネタ持ってこいって言ってんの！」と田島は祥吾の写真を投げつける。

「……」

エレベーターから降りた楓と天音が、エントランスを出口に向かって歩いている。

「わざわざ東京まで戻ってきたのに説教かよ」

苛立ったように吐き捨てる楓に、おずおずと天音が訊ねる。

「どうします？　ゲスくてバズる亀ヶ谷議員のほうは」

「話題性だけで人を焚きつけるような誰でも書ける安い記事は出したくない」

「そりゃそうですけど……」

自分に言い聞かせるように楓はつぶやく。

「私は世の中に伝える意義があるものだけを書きたいのよ」

よく聞こえず、「ん？　なんか言いました……？」と天音が訊き返す。

「もういいから。今日はパーッと昼から寿司でも食おう」

「え、寿司ですか……！」

興奮しながら天音は、早足でビルを出る楓を子犬のように追いかけていく。


「めちゃくちゃ回ってるやつ……ま、うまいからいいけど」

期待を裏切る回転寿司にも気を取り直し、美味しそうに寿司をほおばる天音だが、楓はスマホを見ながら無言で食べている。

「ちょっと、食事中にスマホとかデートなら嫌われますよ？」

「うん。デートじゃないからね」

スマホから顔も上げずに楓が返す。天音はその画面を覗き込んで文句を続ける。

「てかSNS見てるし！」

「帰ろ」

「え、あっ、や、そういうつもりじゃ」

怒らせてしまったかと焦る天音に楓は言った。

「山梨戻って確認したいことがあんの。だから、さっさと食え」

「あ、はい！」

天音は慌てて目の前の寿司を口に放り込んだ。


洸人はライオンを連れ、自宅にほど近い小児科医院に向かった。

「お子さまの保険証はお持ちですか？」と受付の女性が洸人に訊ねる。

「あ、えっと……今日忘れてしまって……」

「全額負担になってしまいますので、次回お持ちいただけますか」

「は、はい。すみません……」

「こちらにご記入お願いいたします」

クリップボードにはさまれた問診票を受け取り、洸人はライオンと並んで待合ソファに腰かける。待合室はたくさんの親子連れで混み合っている。氏名、生年月日、病歴、アレルギーの有無など問診票の各項目を見て、洸人は途方に暮れる。

「なんもわかんないなぁ……」

せめて名前くらいはと氏名の欄に『小森ライオン』と書くが、「カタカナはないか……」と二重線で消す。

いつまでも問診票を戻さない洸人に、受付の女性が声をかける。

「大丈夫ですか？」

「あ、はい。すいません」

年齢の欄でふたたび手が止まる。

小学生まではいってない気がするから、五歳？……いや、六歳くらいか。

子どもの年齢って難しい……。

洸人の隣でライオンはつらそうに顔をゆがめている。

洸人が顔を向け、「ねぇ、ライオン」と口を開いた。「何歳かだけでも教えてくれない？　お薬もらわないといけないからさ……」

「……」

まぁ、答えないよな。

あきらめて適当に五歳と書こうとしたとき、ライオンが指で「六」を作った。

「え……六？」

ライオンは小さくうなずく。

洸人は問診票に『6歳』と書く。

診察室に呼ばれたライオンは聴診器をあてられたり口を大きく開けたりして、おとなしく診察を受ける。洸人はライオンの後ろでその様子を見守っている。

「変わったものは食べてないと……」

胸や腹の音を聞き終え、医師が洸人に訊ねる。

「何か、最近ストレスがかかるようなことはありました？」

「ああ……そうですね。今、母親と離れて暮らしてて……」

なるほどとうなずく医師。

「環境が変わって、少し疲れちゃったかな？　お薬出しておきますから、様子を見てください」

「はい……あ、あの、ほかに何か家でできることって」

「しっかり睡眠をとっていただければ、大丈夫ですよ」

それでも不安そうな洸人に医師が微笑む。

「心配なさらず、お父さまはそばについていてあげてください」

「……お父さま」

洸人は思わず苦笑してしまう。


行くのを楽しみにしていたイタリア料理店でランチを食べながら、美央はあからさまに失望した顔をしている。期待したほど料理が美味しくなかったというわけではない。むしろ、このジェノベーゼは絶品だ。ただ、正面に座る顔が思っていた人と違うのだ。

「うんま！　イカスミうめえなー」と黒くなった歯で笑いかけた貞本は、ようやく美央が浮かない表情をしているのに気がついた。

「あれ、そうでもない？」

「いや、美味しいんですけど、本当なら小森さんと来るはずだったんで」

「なに、俺じゃ不満⁉」

「不満っていうか……まぁ、はい不満です」

「ショックだなぁー」

傷ついた顔がちょっと可愛くて、美央は笑った。

「嘘ですよ。付き合ってもらって、あざす」

「軽いわー。つーか、あいつはやめとけ」

「え……何がですか」

貞本は墨で黒くなった口もとを紙ナプキンで拭き、神妙な顔つきで話しはじめる。

「あいつ、子どももいんだよ」

「……え」

「今朝、子どもが熱出したってパニクって電話かかってきてさ。あいつにはシークレットワイフがいたってわけで」

話の途中で興味をなくし、美央は黙々とパスタを食べはじめた。

「あれ？　びっくりしないの？　ってか知ってた？」

「……今、親戚のお子さんを預かってるんですよ」

「え、なにそれ。そういうこと⁉」

「はい。ていうか、貞本さん同期なのに私のほうが小森さんのこと知ってますねー」

「ひー！　出ました、マウント」

貞本は口を横に大きく開き体を反り返らせオーバーにリアクションしてみせる。

そんな貞本の姿に笑顔を見せつつも、美央はどこか複雑な心境だった。

台所でおかゆを温めながら、洸人は医師に言われたことを考えている。

そりゃストレスあるよな。

もし、姉が本当に亡くなっていたとしたら、どうすればいいんだ……。

コンロの火を止めたとき、背後に気配を感じ、振り返る。

ライオンが何か言いたげな顔で立っていた。

「どした？」

「……」

「トイレ？」

「……ごめんなさい」

「え……？」

「お仕事行けなくなって、ごめんなさい」

いつもガオガオ言って暴れていたライオンからは想像できないほどの悲しい表情に、洸人の心も苦しくなる。

「……そんなこと、言わなくていいから」

洸人はしゃがみ、ライオンの額に浮かぶ汗をぬぐってあげる。

「17時34分37秒、17時34分38秒、17時34分39秒……」

時計を見ながら美路人がつぶやいている。

「みっくんのお兄さん、遅刻の記録、更新中です！」と小野寺は少し楽しそうだ。

そこに船木がやってきた。

「みっくん、お兄さんから今電話があって、急用で手が離せないから今日お迎え来られないって」

「お迎えに来られない……」「なので、今日はわたくしが車で送ります。少々お待ちを」

車の鍵を取りに戻る船木を見送り、美路人がつぶやく。

「お兄ちゃんはお迎えに来られません……」

必ず迎えに来てくれていた兄が来ないことに少し動揺しつつも、それをごまかすかのように自分の言葉を反芻していた。

扉が開き、美路人が店に入ってきた。カウンターの向こうから寅吉が、「おう、美路人」と声をかける。

「ひとりで来れたのか」

「船木さんの車で来ました」

「お前さんも今日はいつもと違うことばっかりだな」

「お兄ちゃんとライオンが来ていません」

「バタついてて来れねえってよ。美路人の分はすぐ出すから座っとけ」

しかし、美路人はもどかしげに突っ立ったままだ。

「どうした。俺とふたりは嫌か？　まぁ、ちょっと寂しいよな」

ガハハと笑う寅吉だが美路人は笑うことができない。

「……寂しいはライオンです。お母さんが死にました」

「……」

「死ぬのは寂しいです。悲しいです」

「……たしかにな。お前らのときも大変だったもんな」

寅吉は当時を思い返す。

とら亭で食事をするのは子どもの頃から美路人のルーティンに組み込まれていたのだが、当然それは親と一緒だった。

ふたりが亡くなった直後は、「お母さんとお父さんと食べる日です。お母さんとお父さんがいません」と店内を歩き回り、「いません、いません」と頭を叩きながらパニックになる美路人を持て余し、洸人はただただ途方に暮れていたっけ。

我がことのようにライオンを思いやる美路人を見て、寅吉は感慨にふける。

「……お前さんも立派んなったな」

「ライオンが悲しいです」

「じゃあ、美路人が元気づけてやらないとな！」

「……」

表情は変わらないが、寅吉の言葉はたしかに美路人の心に響いている。


帰宅した美路人がライオンを捜していると洸人が居間に入ってきた。

「みっくん、お帰り……お迎え、ごめんね」

「ライオンがいません」

「あぁ。あのあと具合悪くなって、今、奥で寝てる」

美路人はすぐに和室へと向かった。

襖を開けると仏壇が目に入り、美路人はつぶやく。

「……死ぬのは寂しいです。悲しいです」

部屋の真ん中に敷かれた布団にライオンは眠っていた。

枕もとに座り、美路人はじっとその寝顔を見つめる。

「ライオンは悲しいです」

人の気配に、ライオンはうっすらと目を開けた。

「……みっくん」

弱々しいライオンの声に美路人は少し躊躇しながらも、ずれた布団をかけ直してあげる。

そっと様子を見に来た洸人は、誰かのために動く美路人の姿に驚いた。それは今まで見たことのない美路人の行動だった。

※

山梨県警本部の廊下を楓がずんずん歩いていく。あとに続きながら不安そうに天音が訊ねる。

「工藤さん、本当に警察に顔利くんすか？」

「まぁ、ちょっと偶然知り合ってねー」

捜査一課の刑事部屋に行くまでもなく、向こうから高田が歩いてきた。楓は親しげな笑みをつくり、手を上げた。

「お元気？」

　高田はハッとし、すぐに回れ右をした。

「ちょちょちょ、なんで避けんの？」

「……こんなところまで来ないでくださいよ」

「だって電話しても出ないから」

「当たり前でしょ。あなた週刊誌の記者なんですよね!?」

　ムッとした顔を向けてくる高田に、楓は訊ねた。

「それで、遺体の鑑定結果は？　橘愛生で間違いなさそう？」

「そんなこと言えないですって！」

　楓はおもむろにスマホを出すと、とある動画を再生してみせる。

　薄暗いカラオケボックスの室内、酔っぱらって正体をなくした高田が上半身裸ではしゃいでいる。隣では同じく上半身裸の佐伯がタンバリンを乱打している。

『えー、やめてよ～』と楓の声が入る。

『高田、行っきまーす！』

　唇を突き出した高田の顔が画面に迫ってくる――。

「ちょっと勘弁」と高田は慌ててスマホを押しのけ、廊下の角へと楓を連れていく。

「あの日は居酒屋からのカラオケはしご、楽しかったですねー！　でも、びっくりした。警察の方がこんなに酔っぱらうなんて」

「あのとき、わざと飲ませましたよね？」

「で、遺体のＤＮＡ鑑定」

観念した高田は仕方なく口を開いた。

「……まだです。損傷が激しくて、先に解剖に回さないといけない状況で」

しばらく高田を探るように見つめ「ふーん。じゃあまた明日聞きに来るわ」と、楓は踵を返し去っていく。

「ちょっと、動画！」

慌てて叫ぶ高田に楓は振り返り、ニヤリと笑う。

最悪だ……。

肩を落とす高田の横を通りすぎ、天音が楓に追いつく。

「工藤さんって、ネタのためなら手段選ばないっすね……」

あきれながらも、その記者魂に感心する天音だった。

台所で洗い物をしていると手が滑った。スポンジについた泡が飛び散り、目に入る。

痛みに顔をしかめ、洸人は「あー」と思わず声を漏らす。

そこに美路人が顔を出した。

「寅じいのご飯を食べました。ひとりでハンバーグを食べました」

自慢げに話す美路人に「いろいろありがとね」と洸人が返す。

「お兄ちゃんはカレーで済まそうかな」と冷凍庫を覗くも保存していた白飯がない。

「あ……ご飯おかゆで使ったんだ……」

どうしよう……。

なんだか疲れて、うまく頭が回らない。

そのとき、チャイムが鳴った。

玄関に出て扉を開けると、スーパーの袋をさげた美央が立っていた。

「こんばんは」

「牧村さん、なんで……」

「今日のランチ奢ってもらえなかったクレーム言いに来ました！　嘘です」

笑いながら、「はい」とスーパーの袋を差し出す。

「？」と受け取る洸人に美央は言った。

「ひんやりシートとかゼリーとか……あと、私のおすすめの焼き鳥と、みんなで食べるかなと思ってプリン」

「すごい、助かる。あっ、お金」

「いいですいいです。次のランチもっとリッチな店、探しときますから！」

「いくらでも」

力なく笑う洸人を見て、美央は言った。

「……小森さん、なんか疲れてます？」

「え……」

「そりゃそうですよね。看病するほうも体力使うし」

「……」

そんなに顔に出てしまっていたのかと洸人は少し反省する。

「あ！　貞本さんが今度、小森さんちに子ども連れて遊びに行きたいって言ってました」

「うちに？」

「小森さんに子どもがいるって誤解してたから、親戚の子だって言っちゃいました」

「そっか。いろいろごめんね……」

美央を見送り、ライオンの様子を見に行く。熱が下がっていて、ホッとする。よかった、病院でもらった薬も効いてきたのだろう。

食卓に美央の差し入れを並べる。焼き鳥のほかに煮物などもあって、洸人はありがたくいただくことにする。

美路人はすでにプリンを食べている。

「ライオン、熱下がってきたよ。このまま元気になるといいね」

「元気になりません」

「？」

「お母さんが死ぬのは悲しいです」

「みっくん……もしかしてニュース見て、そう思ったの？」

「ライオンのお母さんはお墓にいますか？」

「やめてよ。そんなこと……」

洸人は和室のほうを見て、つぶやく。

「……でも、たしかに元気にはなれないよね。たった六歳でこんな心細い状況って……」

「ライオンは五歳です」

「今日、病院で六歳って言ってたんだよ」

「ライオンは五歳です。ドゥーガと同じ五歳です」

「え……ライオンがそう言ってたの？　それいつの話？」

「二〇二四年九月十日です」

あの日、ふたりは一緒にライオンの動画を見ていた。富士動物園の雄のアフリカライオン、ドゥーガが出てきたから、五歳だと教えたら、「ぼくと同じだ！」と言っていたという。

「……じゃあ、それから今日までに六歳になったってこと？」

洸人のつぶやきを聞き、美路人が微笑む。

「ライオンは五歳から六歳になりました。五歳から六歳」

「自分の誕生日も言えずに迎えてたのか……」

「お誕生日は幸せな日です」

美路人は席を立ち、カーテンを開けて自分の部屋に入る。すぐに戻ってきたその頭には三角帽子が載っていた。

「お誕生日は三角帽子です。寅じいのケーキです。お花です」

「……」

「お誕生日はお誕生日会をします。お母さんの決まりです！」

「たしかに、昔からそうだったよね……」

少し考え、洸人は言った。

「よし！　ライオンの誕生日会、みんなでしようか」

美路人の目が輝いた。

「お誕生日会です。お誕生日会をします！」

うなずき、洸人も微笑みを返す。


たちばな都市建設の会議室。リニア駅周辺事業についての会議が行われている。担当社員からの報告を聞き、春一が告げる。

「では、引き続き説明会を実施しつつ、着工に向けて早めに動いておきましょう」

そんななか祥吾はぼんやりとスマホを眺めている。画面には家族三人で愁人の誕生日を祝ったときの写真が映っている。

「祥吾？」

春一に声をかけられ、「え……？」と祥吾が顔を上げる。

会議中に弟がぼんやりしているところなど今まで見たことがなかったから、春一は少し心配になる。

「大丈夫か？　やっぱり休んでも」

「あぁ、いや。大丈夫」

しかし、会議の内容などまるで頭に入ってこない。気がつくと、目はスマホの家族写真を追っている。

会いたい……。

自分の中に開いた空虚な穴から、ごうごうと風が吹き抜けていく。

※

土曜日。

とら亭の前で洸人が美路人と向き合っている。

「本当にひとりで大丈夫？」

何度も念を押したが、最後にもう一度確認せずにはいられない。

「図書館に行って、パン屋に行って、公園に行きます」と美路人が返す。

「それで、今日は最後に駅前の花屋で誕生日会用の花を買うんだよ」

そう言って洸人は『15時50分「フラワーなぎさ」で誕生日会用のお花を買う』と書かれたメモを渡す。

「最後に駅前の花屋で誕生日会用の花を買います」

復唱する美路人に洸人は言った。

「わからなかったら、すぐ連絡してよ?」

「はい」

美路人は時計を確認し、歩き出す。

「11時6分のバスです。乗り遅れてはいけません」

その背中を洸人が不安げなまなざしで見送っている。

店に戻り、洸人は誕生日会用の飾りつけを再開した。

厨房でケーキを作りながら、寅吉が訊ねる。

「……お前さんたち、大丈夫か?」

「え……?」

なんのことかと振り向く洸人に、寅吉は言った。

「いや、気づいちまったんだけどよ……。最近やってる行方不明のニュース、あれ、あれじゃねーのか？　愛生ちゃんと小僧のことなんじゃねーのか？」

　とら亭には姉がいた時代も通っていた。名前が公表されている今、寅吉が気づくのも無理のないことだ。

「なんかおかしいと思ったんだよ。いきなり子どもを預かるなんて言ってよ」

　寅吉は動かしていた手を止め、心配そうに訊ねた。

「……なぁ、こんなときに誕生日会なんてやっていいのか？」

「そうなんですけど……」

「テレビにまで出て、大ごとじゃねーかよ」

　たしかに今は誕生日会よりも事件のこと、ライオンの父親のこと、Xのことを考えなくてはいけないのかもしれない。警察に連絡したほうがいいのかもしれない。でも……。

「……うん。でも、ライオンがうちに預けられたのには何か理由があるのかなって。だから、無責任に放るわけには」

「そうは言ったって、愛生ちゃんは生きてるかだって……」

「……これまでちゃんと説明してなくて、すいません。今後のことは整理してちゃんと考えるんで」

「……でもよ」

「こんな状況だからこそ、誕生日くらいは少しでも笑って迎えられたほうがいいかなって。だから、お願いします」

洸人に深々と頭を下げられ、寅吉は何も言えなくなる。

「……もう、わかったよ。うまいケーキ作ってやっから」

顔を上げ、洸人は安堵の笑みを浮かべた。


その頃、美央はライオンを連れてファミリーレストランを訪れていた。誕生日会はライオンには内緒にしておきたいからと、準備の間の世話を洸人から頼まれたのだ。

猫の顔をした配膳ロボットが注文したパフェを運んできた。

「おっ、来たよー」

美央はパフェの器を取り、「はい、どうぞ」とライオンの前に置く。しかし、ライオンは仏頂面をしたまま食べようともしない。

店に入ったときからずっとこの調子なのだ。

「食べたくないか……あ、じゃあさ、これやる?」とメニューと一緒に置かれていた間違い探しをテーブルに広げる。

しかしライオンは目もくれない。

「ねぇ、洸人とみっくんは？」

「あぁ……」

美央は笑顔をつくり、答えた。「すぐ予定終わるから。もうちょっとだけ美央お姉ちゃんと遊んで待ってよう」

納得できないとばかりにライオンは頬をふくらませる。


バスを降りた美路人が駅前の花屋におそるおそる入っていく。仏壇やお墓に供える花を買うために何度か訪れたことはあるが、ひとりで来るのは初めてだ。

色見本カードを手にしながら陳列された花々を見ていると、店員が声をかけてきた。

「いらっしゃいませー。プレゼントですか？」

「お誕生日は幸せな日です」

「お誕生日のギフトですか？　それでしたら、この辺りの花束がおすすめですよ」と店員はギフト用に作られた花束のコーナーを手で示す。

「違います！　ライオンの色です」

「？　というのは……」

怪訝そうに訊ねる店員に、「ライオンの色です」ともう一度言い、美路人は色見本カードと照らし合わせながら、バケツに入っている色とりどりの花を次々と選んでいく。

誕生日会の準備を終えた洸人と寅吉が、店の前で美路人の帰りを待っている。「ちょっと遅せーな……」

帰り道の先に目をやりながら寅吉がつぶやき、洸人の不安が増していく。

やはりルーティンとは違う行き先にひとりで行かせるのは難しかったのかもしれない。

さらに十分ほど経ったとき、ようやく美路人が歩いてくるのが見えた。

「あっ、来た！」

美路人が花束を持っているのに気づき、洸人はつぶやく。

「ちゃんと買えたんだ……」

「おーい」

寅吉が手を振り、洸人はスマホを取り出した。すぐに美央に連絡を入れる。

「あ、もしもし牧村さん。お待たせしました！」

ライオンを連れた美央が店に入った瞬間、「せーの」と洸人の合図で一斉に紙吹雪が投げられた。

「ライオン、誕生日おめでとう！」

みんなの声と目の前を舞う紙吹雪にライオンは目を丸くする。

誕生日会には貞本と四歳になる息子の榮太郎も駆けつけてくれていた。

「六歳のお誕生日、おめでとうございます」

美路人の祝福の言葉をライオンは不思議そうに聞いている。

「？……なんで？」

「最近、誕生日だったでしょ？」と洸人が微笑む。

「……なんで知ってるの？」

「同じプライドです。プライドの仲間です」

知ってて当然という顔の美路人をライオンはポカンと見つめる。

あらためて店中の飾りつけやテーブルに載ったごちそうの数々、バースデーケーキなどを見回し、ライオンがつぶやく。

「これ、ぼくの……？」

「そうだよ。全部ライオンの」とうなずき、洸人は言った。「今日はライオンが主役だからね」

驚き、ライオンは言葉が出ない。

美路人は新しくライオンのために作ってあげた自作の三角帽子を手に取り、言った。

「お誕生日は三角帽子です。お誕生日は幸せな日です！」

洸人はそれをライオンの頭にかぶせながら、「みっくんが作ったんだ。あとこのお花も」と花束を渡す。

その花束はライオンをイメージさせるような黄色や茶系の花を使ってアレンジしてある。

「僕が買いました。お誕生日はお花です。ライオンのお花です！」

「……すごい」

絶句していたライオンの口から声が漏れ、顔中に笑みがあふれた。

「ありがとう！」

その笑顔を見て、一同もホッと胸を撫でおろす。

空気をさらに盛り上げようと寅吉が言った。

「今日は小僧の好きなマヨネーズ料理尽くしだ」

「……食べたい！」とライオンは目を輝かせる。

「貞本家特製のチキンもあるぞぉ！」

対抗心をむき出しに叫ぶ貞本を、ライオンが引き気味に見つめる。

「……誰⁉」

　貞本以外のみんなは噴き出した。

「申し遅れました。小森を一番よく知る友人の貞本です。こいつは息子の桊太郎でーす」

　父親に紹介され、はにかみながら桊太郎は小さく会釈する。

「さっ、食べましょ！」

　美央の号令で、みんながテーブルへと集まっていく。

と、ポケットの中でスマホがピコンと鳴った。スマホを取り出し、画面を見ると柚留木からのメッセージだった。

「……」

　メッセージは開かず、美央はすぐにスマホをしまった。「美味しそー」とさりげなく輪に合流する。

　豪華な料理もたいらげ、いよいよ寅吉特製のケーキが登場。みんなによるバースデーソングの合唱のなか、ライオンがケーキに立った六本のロウソクの火を吹き消す。

　拍手を受けながら、ライオンは照れたように微笑む。

　すぐに寅吉がケーキを切り分ける。

美味しそうにケーキをほおばるライオンの口もとにクリームがたっぷりついていたので、洸人は笑いながら指でぬぐってあげる。

その様子を貞本がニヤニヤしながら見ている。

「え、なに」

「いや、なんかいいじゃんと思って」

「？」

「つーか、子どもの笑顔って無敵よな。大人が守ってやんないとな」

「……うん」と貞本にうなずき、洸人はライオンへと視線を向ける。

いつの間にか榮太郎がライオンと仲良くなっていた。

榮太郎が話しかけ、ライオンも楽しそうにそれに応じる。初めて会ったとは思えないくらい、ふたりはすぐに盛り上がる。

屈託のないその笑顔に、洸人も自然と微笑んでしまう。


帰宅するや、ライオンは風呂にも入らず眠ってしまった。興奮しすぎたのかもしれないと思うと胸の奥がほんのり温かくなる。

ずれた布団をかけ直し、洸人はふと仏壇へと目をやる。

母と父の写真を見ながら、そういえば姉がいた頃も誕生日会をしていたなと思い出す。

母に美路人が作った三角帽子をかぶらされ、「いらんて。子どもじゃないんやから」とすぐに脱ごうとする姉に、父が言ったのだ。

「なに言ってんだよ、今日の主役が」と。

黙ってしまった姉に、「そうよ」と母が笑顔を向ける。

「お誕生日は幸せな日！　だから美味しいものいっぱい食べて楽しもう！」

それでもムスッとしたままの姉に、「じゃあ写真撮ろうか」と母はカメラを向けた。

ふてくされた顔の姉を真ん中に家族写真を撮ったっけ……。

洸人は押し入れにしまわれたアルバムを取り出し、ページをめくりはじめる。

最後のほうに誕生日会の写真はあった。

カメラにガンを飛ばすような姉の表情を見て、やはり自分の記憶は正しかったと洸人は思わず笑みを浮かべる。

「……洸人？」

声をかけられ、洸人はとっさにアルバムを伏せた。布団から身を起こしたライオンがこっちを見ている。

「ん？　どした。起きちゃった？」

「……何してるの？」

「ああ……昔の写真を見てた」

「写真？」

「そう。僕たちのお姉ちゃんがいた頃の写真」

　ライオンの表情が変わるのを見て、洸人は言った。

「一緒に見る？」

「……うん」

　洸人はアルバムを手にライオンの隣に座る。誕生日会の写真を見せるが、高校生の愛生が今の母親の姿と結びつかないのかキョトンとしている。

　アルバムをめくっていくと、最後の頁に半透明の袋に入った写真が一枚はさまっていた。

「なに、これ？」

「なんだろう……」と洸人が袋から取り出す。

　母と姉とのツーショット写真だった。九年前の日付が印字されている。

　母が亡くなる前にふたりは会っていた……？

わざわざカメラをどこかに固定して撮影したのだろうか。アルバムに収められたほかの写真とは違って、母の隣で姉はぎこちなく笑っている。

「……ママ」

ライオンの口からこぼれた言葉に、洸人はハッとした。

この写真の姉には面影があったのだろう。

ライオンは写真に触れ、「ママ……」とつぶやく。

やっぱり、ライオンの母親は姉の愛生なんだ。

「ママ……ママ……」

ライオンの目からみるみる涙があふれ出す。

「……」

濡れた瞳でライオンは写真に向かって話しかける。

「ママ、なんで死んじゃったの⁉」

「！」

洸人は何も言えなかった。泣きじゃくるライオンの背中をさすることしかできない。

泣き声が聞こえたのか、様子をうかがうように美路人が襖を開け、顔を覗かせる。

「どうして泣いていますか」

「大丈夫。寝てな」と洸人は目で訴える。美路人は黙って襖を閉めた。

「……ママ……」

泣きつづけるライオンの肩を不器用に抱き、洸人は小さな背中を優しく撫でる。

※

山梨県警本部。正面入口の手前で楓と天音は高田が出てくるのを待っている。

無言でずっとスマホを見続けている楓に、「またSNSっすか?」と天音はあきれる。

「あんまり見すぎるとネット依存になりますよ?」

そのとき、開いていたダイレクトメッセージの画面に返信が届いた。

「やっと来た……」

「ん?」

そこに待ち人も現れた。

「あっ、高田さん」と庁舎から出てきた高田に向かって、待ってました!とばかりに天音が声をかける。すかさず楓が歩み寄る。

「どう? 今日こそ出た?」

「だから言えませんって。もう来ないでください！」

振り切って行こうとする高田に天音がスマホを掲げる。

「いいんですかー!?　これ偉い人に送っちゃいますけど」

画面には高田の醜態動画のキャプチャが表示されている。すぐに高田が戻ってきた。

「なんで君まで持ってるのかなぁ!?」

「いいから教えて。出たんでしょ？　ＤＮＡ鑑定」

楓に詰め寄られ、高田はしぶしぶうなずいた。


洸人が子ども支援課を通りすぎようとすると、ふとラックに収まっていた里親制度のパンフレットが目に留まった。

持っていたファイルを脇にはさみ、洸人はそれを手に取る。親族里親の説明があり、読みはじめる。

「児童の親が死亡、行方不明、拘禁、入院や疾患などで養育できない場合。なお、実親がある場合は、実親による養育の可能性を十分に検討……」

そこまで読んで祥吾の顔が頭をよぎり、洸人はため息をついた。

やっぱ、難しいな……。

と、ポケットでスマホが震えた。画面には見知らぬ番号が表示されている。少し迷ったが洸人はパンフレットを戻し、電話に出た。

「はい」

「週刊真相の工藤ですが、小森さんの携帯で合ってます?」

「あ、山梨でお会いした……え? なんでこの番号知ってるんですか?」

「工藤さんはどんな手を使ってでも情報を集める人でーす」

横から割り込んできた天音を「うるさい」と一喝し、楓は続ける。

「あ、ごめんなさい。ちょっとお願いがありまして」

「お願い……」

「最近のお姉さんの写真って持ってたりしますか?」

「なんでですか……。もう全く連絡もとってないので……」

「そうですよね。ちょっと確かめたいことがあったので」

「?」

「じゃあ昔の写真でいいです。このあと出てこられたりします?」

「いや……急に言われても。個人情報ですし、いろいろ予定も——」

さえぎるように楓が言った。

「お姉さんが生きてるかもしれないって言っても？」

「……え」

「場所はのちほどショートメールで送りますね。では」

一方的に電話を切った楓に天音が訊ねる。

「橘愛生の写真なんてどうするんですか？」

「ちょっと気になる投稿者がいてね」

「あ、それでずっとSNS⁉」

「とりあえず今から会いに行くよ」

「あ、はいっ」

いっぽう、洸人はスマホを手にしたまま楓の言葉を頭の中で繰り返している。

姉が、生きているかもしれない……？


指定されたホテルに入り、洸人はラウンジに向かって歩いていく。ラウンジの前に立っていた天音が気がつき、「あ、小森さん！」と手を上げる。隣には楓の姿もある。

ふたりに駆け寄り、洸人は食い気味に訊ねた。

「あの、姉が生きてるかもしれないっていうのは……」

「小森さんも一緒に来てください」と楓がラウンジに入っていく。

「え……？」

楓が面会を取りつけたのは岩崎萌香という二十歳の女性だった。

すでにテーブルについていた萌香を囲むように三人も席につく。

「ではさっそく」と楓がスマホを見せながら切り出す。「ここに書いてある愛生さんを見かけたという投稿は本当ですか？」

画面には萌香のSNSが表示されており、『何このニュース。愛生さん今日新宿で見たしw』と投稿されている。

「あー、はいはい、これね。見ましたけど？」

あっさりと萌香が認め、洸人は前のめりになる。

「え……それ本当ですか⁉」

「結構仲よかったんで、間違いないですよ」

姉は生きている……⁉

「ちなみに、橘愛生さんとはどういうご関係で？」と天音が訊ねる。

「地元でバイトしてた頃のパートさんだったんです。シフトめっちゃかぶってたから結構話したりしてて」

「もしかしてクリーニング屋?」

「そうですそうです!　大学でこっち出てきたんですけど、この前新宿で偶然会ってびっくりして」

萌香はそのときのことを語りはじめる。


大学の友人たちと飲み屋を出て、次の店をどうしようかと道端でたむろしていたとき、帽子を目深にかぶった愛生が通りがかったのだ。酔った友人が彼女にぶつかり、愛生は持っていたレジ袋を落としてしまった。

慌てて散らばった品物を拾うのを手伝ったとき、彼女が愛生だと気がついた。クリーニング屋で一緒だったと名乗ったが、愛生は逃げるように去っていってしまった――。

「いやぁ私、忘れられちゃった?ってちょっと悲しかったんですけど、そのあとでニュース見て、えー!って」

呆然と話を聞いていた洸人に楓が言った。

「小森さん。写真、見せてもらえます?」

「え……あ、はい」

洸人は最も新しいであろう愛生と恵美のツーショット写真を出した。

「これです」

言うほど古い写真じゃなかったので楓は少し引っかかるも、すぐに萌香に訊ねた。

「どうです？　見かけた愛生さんで間違いないですか？」

萌香はじっと写真を見て、「あぁ、はい。ですです！」とうなずいた。

やはり、橘愛生は生きている。

単純な母子の無理心中事件ではない。なのに、そう見せかけようとした意図がある。

かすみが言っていたきなくさい匂いが楓の記者魂を刺激する。


帰っていく萌香を見送り、天音は洸人へと向き直る。

「小森さんもご協力ありがとうございました」

「……はい。あの、姉って……」

「生きているのかもしれません」と楓が答える。「笛乃川で発見された女性の遺体も別の方だったみたいで」

「え……それって本当ですか⁉」

「はい。ＤＮＡ鑑定の結果が出たみたいで。もうすぐニュースにも出ると思いますよ」

呆然としている洸人を残し、「では、私たちは」と楓と天音は歩き出す。

「……あ、あの！」

足を止め、振り向いたふたりに洸人は訊ねた。

「なぜ、おふたりは姉のことを調べているんですか？」

「……そうですね。ただの行方不明じゃないと思ってるんで」

「……それは、どういう……」

「ま、記者の勘です」

そう返し、楓が洸人に訊き返す。

「逆に、小森さんはなんでそこまで必死にお姉さんのことを知りたがってるんですか？」

「え……？」

「ずっと疎遠だっておっしゃってたのに」

わずかな沈黙のあと、洸人は言った。「そりゃ、家族ですから」

うかがうような視線を這わせ、楓はふっと表情をゆるめた。

「ま、またゆっくり話聞かせてください」

「あ、はい……」

帰宅すると、ライオンは縁側に動物のフィギュアを並べて遊んでいた。美路人が大切にしているフィギュアだ。

そこまでライオンに心を許しているのかと洸人はうれしくなる。

「おかえり、洸人」とライオンが振り返る。

「ただいま。寅じいのご飯いっぱい食べれた？」

「うん」

「そっか……」

姉のことをどう話せばいいのだろう。

生きているかもしれないと伝えたい。ただ、だったらなぜ姿を隠しているのだ。そもそも、なぜライオンを俺に預けた……？

さまざまな思いが頭を駆けめぐり、言葉が出ない。

「……」

開け放たれたカーテンの向こう、美路人は自分の部屋でサバンナの動物たちの動画を見ている。洸人が近づき、声をかける。

「みっくん、今日もお迎え行けなくてごめんね」

美路人は動画から目を離さず、言った。

「はい。船木さんの車で帰りました」

その声はやや不満げだ。

「お礼言わなきゃね」

美路人はサバンナの世界に入り込み、戻ってこない。

洸人はライオンの隣に座り、訊ねた。

「何してんの？」

「サバンナごっこ」

「そっか……」

こっちはこっちで自分で作ったサバンナの世界に夢中になっている。

「ねぇ、ライオン」

「んー？」

「……あの、ニュースのことなんだけど」

シマウマのフィギュアを動かしながら、ライオンは洸人の話に耳を集中させる。

「あれ、ライオンのお母さんじゃなかったみたい」

「！……」

「警察の人が調べたら、違う人だったんだって」

「……」

「しかも、お母さんを見たって人もいて」

シマウマを動かす手が止まる。

「今日、その人に会ってきたんだ」

ライオンは洸人を振り返り、おずおずと訊ねた。

「……生きてるの？」

「生きてるって、ことなのかもしれない……」

すがるような瞳に光が戻っていく。ぬいぐるみを抱き寄せたライオンの口から思いがこぼれる。

「……よかった」

そんなライオンに洸人が微笑む。

自分に向けられた視線にハッとし、ごまかすようにライオンは吠えた。

「ガオー!!」

洸人は思わず噴き出してしまう。

「……ガオ――――！！！」

照れ隠しでぬいぐるみを振り回し、並んだフィギュアをなぎ倒す。

「急に元気だな」

安堵した洸人は床に仰向けに寝転がった。

「はぁ……なんか疲れた……」

大きなあくびを一つして、天井をぼーっと眺める。しばらくして、お腹をトントンと叩かれた。ライオンの手が優しくお腹をさすりはじめる。

「……ん？　どした？」

「泣いてるから」

「え……？　あぁ、いや、あくび……」

そこに美路人もやってきた。

洸人の目尻に涙がにじんでいるのを見て、驚く。

「あ、みっくん違くて」

どうすればいいのかわからず、美路人はぐるぐると居間を歩き回る。やがて、意を決したように洸人の横にしゃがむと、そーっとお腹を撫ではじめる。

笑いが込みあげてくると同時に鼻の奥がつーんとなる。本当に涙がにじんできて、洸人は焦った。

泣き笑いの顔で、洸人はふたりに身をゆだねる。

自室に戻り、ベッドに腰かけた洸人はライオンのスマホを確認する。やはりなんのメッセージも届いてはいない。

遺体は姉ではなかった。

だとしたら、どうして姉は連絡してこないのだろう……。


誰もいないオフィスの自席で、祥吾がスマホのニュース動画を見つめている。

『笛乃川で発見された遺体について、DNA鑑定の結果、松脇奈美子（まつわきなみこ）さん三十七歳であることがわかりました。行方がわからなくなっている橘愛生さん、愁人ちゃん親子との関連はないとみて、警察は引きつづき捜査を進める方針です』

淡々と事実を伝えるアナウンサーの声を聞きながら、祥吾の目にスーッと冷たい光が宿っていく。


露出度の高いドレスに身を包んだホステスたちが、狭いバックヤードで声高に赤裸々な会話を楽しんでいる。

その横をすり抜けるようにして愛生は勝手口から店の外に出る。

煙草に火をつけ、深く吸い込む。遠い目でゆっくりと紫煙を吐き出しながら、息子のことを思う。

「……」

考えなきゃいけないことはたくさんあるのに、今、愛生の頭を占めているのはそのことだけだった。

5

新宿・歌舞伎町のキャバクラ『ジリオネアＴＯＫＹＯ』。男たちの笑い声と女たちの甲高い声が飛び交うにぎやかなフロアとは対照的に、洗い場は静かだ。蛍光灯の青白い光の下、湯の張られたシンクにひたされたグラスを愛生が黙々と洗っている。

店長が顔を出し、愛生に声をかける。

「田中さん」

しかし、愛生は反応しない。

「田中さん！」

大声にビクッとし、ようやく「田中」が自分のことだと気づく。

「あ、はい」

「ごめん。氷買ってきてくれない？」

「はい。わかりました」

出しっぱなしにしていた水道の水を止め、タオルで手を拭く。

「あと今日帰るとき、給料取りに来て」

「は、はい」

勝手口を出て、愛生は猥雑なネオンが瞬く通りを歩きはじめる。

通りを隔てたビルの陰からその姿を見つめる目がある。カメラを手にした天音だ。興奮を抑えながらファインダーに愛生を収め、シャッターを切る。

その姿が人混みにまぎれて消えるまで連写しつづけ、そして信じられないような顔でカメラを下ろした。

「ウソ……」

じわじわとスクープの実感が湧いてきて、天音は吠えた。

「うぉおっしゃあ！」


たちばな都市建設の社屋の前で、楓が明かりのついたビルの窓をうかがっている。退社時間はとっくに過ぎているだろうに……と舌打ちしたとき、スマホが震えた。天音だ。電話に出るや、楓は訊ねる。

「撮れた？」

「やりましたよ！　橘愛生、確実に生きてます!!」

「うるさっ」

スマホを少し耳から離し、さらに訊ねる。

「居場所はつかんだ?」

「あー、すいません！　すぐ見失いました」

「アホ」

「いやぁ、でも三日徹夜した甲斐がありました！　これでやっと寝れます」

「原稿送るから今すぐ会社行って。今夜中にウェブで出すよ」

「お、おお、マジすか……りょ、了解っす！」

電話を切ったタイミングで祥吾がビルから出てきた。楓はすばやく近づき、祥吾の進路をふさぐように前に立つ。

「橘祥吾さんですよね。今、少しお時間よろしいですか?」

「……はい?」

立ち止まり、祥吾はいぶかしげな視線を楓に向ける。

「週刊真相の工藤と申します。奥さまについてお話をうかがいたいんですが」

「すみません。取材はちょっと……」

楓を避けるように祥吾は立ち去ろうとする。すかさず追いかけ、楓は言った。

「橘愛生さん……生きてますよ」

「！」

立ち止まり、祥吾は振り返った。

「……え？」

「目撃情報、つかんでます」

「……愛生は……無事なんですか？」

「ええ」

その場に立ち尽くしていた祥吾の表情が、ふっとゆるむ。

「……よかった」

違和感を覚えた楓はじっと祥吾を見つめ「それは本心ですか？」と訊ねる。

そして、祥吾に顔を寄せ、楓はさりげなく一枚の写真を見せる。クラブで飲んでいる笑顔の祥吾の姿を盗撮した例の写真だ。

「！……」

「取材、受けていただけますね？」

ノートパソコンを脇に抱えた天音がスマホで楓と話しながら編集部へと入っていく。

「戻ってきました〜」

「誰もいないうちに、さっさと記事アップしちゃって」

「了解でーす」と天音はほとんど明かりの落ちたフロアを見渡す。編集長席のデスクライトだけがポツンと灯り、ぼんやりと田島の姿を照らしている。

「あ、編集長がいます」

「なんでいるんだよ」

舌打ちする楓に天音が言った。

「家に居場所がないんじゃないっすかね……」

「おーい、そこ聞こえてるぞ！」

天音は通話をつないだままスマホを耳から離し、田島のもとへと歩いていく。

「お疲れさまでーす」

「亀ヶ谷議員の六股不倫はどうなってんだよ。っていうか工藤は？」

「あ、はい。つながってます」と天音はスピーカーに切り替えたスマホをデスクに置く。

「お待たせしました。亀ヶ谷議員の不倫相手、全員撮ってきました」

スマホから聞こえてくる楓の声に不機嫌そうに田島が返す。

「どんだけ時間かけてんだよ」

「ひとり、ふたり、三、四、五、六……」

楓の声に合わせて、天音が一枚一枚写真をデスクに重ねていく。

「そして実はなんと、七股でした！」

笑顔で天音が七枚目の写真を一番上に置く。

「おお！　やるじゃねえか。じゃあ、これをさっそく――」

伸ばした田島の手からかっさらうように、天音は写真を引っ込める。

「と言いたいところですが」とスマホから楓の声。

「あ？」

「その前にこの記事、ウェブ版で出しますね」

天音がノートパソコンを開き、画面を見せる。

『甲府南市母子行方不明事件　母・橘愛生は生きていた⁉』とタイトルがついた記事原稿でびっしりと埋まっている。

驚く田島に楓は言った。

「こっちのほうが、バズりますので」

ぐうの音も出ず、田島はうなずくしかない。

「……じゃあ、それで」

「あざっす！」と天音はパソコンを閉じた。

仕事を終えた愛生がバックヤードに戻ってきた。着替えながら、首もとのネックレスを整える。チューリップをモチーフにしたペンダントヘッドが揺れる。

と、ロッカーの中で携帯が震えた。スマホとは違いバイブが強く、ロッカー内で振動が響いて大きな音を立てている。急いで周囲に誰もいないのを確認し、愛生は小声で電話に出る。

「……はい」

携帯の向こうで柚留木が言った。「目撃されました。今すぐそこを出てください」

「えっ……あ、でも給料もらわないと。えっと」

給料をもらうために店長のところに行くべきか、迷う。

「いいから早く！」

いつになく切迫した柚留木の声に、愛生は慌てる。

「あ、は、はい！」

ふとテーブルに置かれた財布が目に留まる。

「……」

そのとき、ホステスがひとりバックヤードに入ってきた。

反射的に手が伸び、愛生は財布をつかんだ。そのまま何食わぬ顔で勝手口を出る。
ホステスの顔がハッとなる。
今、何か盗んだ⁉
繁華街の裏通りを、携帯を手にした愛生が駆けていく。追っ手がすぐ近くに迫ってい
る気がして、とにかく必死に足を動かす。
携帯から聞こえてくる柚留木の指示を聞きながら死に物狂いで走る。
「その道を真っすぐ抜けたら黄色のタクシーを一台、停めてます」
狭い路地に積まれた空のビールケースに行く手を阻まれ、「あぁ、もう！」と愛生は
それを思い切り蹴飛ばす。派手な音を立てて、ケースが転がっていく。
いつも何かに苛立っていた十代の頃に戻った気がする。
そうだ。
私はずっと、怒ることすら奪われていたのだ。
路地を抜け、大通りに出ると、柚留木の言った通り黄色いタクシーが停まっていた。
愛生が近づくと後部座席のドアが開く。
携帯の向こうで柚留木が言った。

「それに乗って、今から伝える場所に向かってください」

愛生が乗り込むやすぐにタクシーは発進し、滑るように車列に加わる。

シートに身を預け、愛生はようやく息をついた。

※

朝、家を出た洸人とライオンが石段を下りている。

「洸人、これあげる！」と肩にかけたカバンにライオンが動物シールを貼った。もちろん大好きなライオンのシールだ。

「あっ、こんなとこに貼っちゃダメでしょ」

「強くなれるよ」

シールを剝がし、「じゃあ自分につけなよ、ほら」と洸人はライオンの背中に貼ろうとする。すばやく石段からジャンプしてかわし、「いいの。ぼくはもう強いから！」とライオンが駆けていく。

その屈託のない笑顔と何かを吹っ切ったような表情に、洸人は少しホッとする。

「なんだそれ」と笑い、「こら、待て！」と洸人があとを追う。

店の前を掃いていた寅吉が、こっちに駆けてくるふたりに声をかける。

「おう、朝から元気だな」

「お、おはようございます」

少し息を切らせながら洸人は挨拶した。

「寅じいにもあげる！」とライオンは寅吉の手にシールを貼った。

「おう、なんだこれは？」

「強くした！」

「おおっ。なんか力が湧いてきたなぁ！」

力こぶをつくる寅吉に、「じゃあ、お願いします」と洸人は頭を下げる。

「行ってらっしゃーい！」

ライオンに全力で見送られ、洸人はなんだか面はゆい。

「行ってきます」とライオンに告げ、洸人は店をあとにした。心が少し温かかった。

バス停に着くと洸人はスマホでネットニュースをチェックしはじめる。『山梨母子行方不明』で検索すると、衝撃的な記事が一番上に現れた。

『甲府南市母子行方不明事件　母・橘愛生は生きていた⁉』

「⁉……」

愛生の近影として掲載されている写真には、洸人がまだ見たことがない現在の愛生の姿が写されている。

記事に目を通し、文末のクレジットを確認すると『工藤楓』とある。

あの人だ……。

洸人は楓の番号を呼び出し、電話をかけた。


市役所に隣接した広場のベンチに洸人は楓と並んで座った。

「お電話いただけると思ってました」

「あの、工藤さんが書かれた記事なんですけど――」と切り出しかけた洸人をさえぎるように楓が話し出す。

「コメントの数すごいですよね。ウチが出した記事では今月トップです」

誇らしげに楓は記事へのコメントを表示させたスマホを見せる。

『絶対、殺してる』『母親が真犯人でしょ』『子どもが可哀想すぎる』『父親もグル？』など両親への中傷が並んでいて、洸人としてはあまり見たくないコメントだ。

「母親が息子を殺したんじゃないかって。世論って怖いですよねえ……あ、ごめんなさい。なんでしたっけ？」

この人と会うと、いつもペースを持っていかれてしまう。ふーっと息を吐き、あらためて洸人は楓に訊く。

「この写真って、工藤さんたちが撮ったんですよね。姉は今、どこで何をしてるんですか？」

洸人の顔をじっと見つめ、楓が訊ねる。

「それを知って、どうするんですか？」

「ちゃんと会って、事情を聞きたいっていうか」

「長い間会ってないのに、なんで今さら？」と楓はさらに問いを重ねる。「息子さんがいたことも知らなかったんですよね」

「いや、まあそうなんですけど……」

言葉をにごしていると、楓はさらに突っ込んできた。

「もしかして小森さん、事件に関わってます？」

鋭い質問に洸人の心臓が早鐘を打つ。その問いには答えず、腕時計へと視線を落とした。

「……すいません。そろそろ仕事に戻るので、失礼します」

そう言って立ち上がり、洸人は庁舎のほうへと歩き出す。

後ろ姿を見送る楓が、自分のスラックスのポケットを注視していることにも気づかずに……。


コピー機から次々と吐き出される資料を眺めながら、洸人は物思いにふけっている。

やはり、姉はどこかで生きている。

それなのに、どうして連絡をしてこないのだろう。

コピー機が動きを止めるも洸人は気づかない。後ろに並んでいた美央が「小森さん?」と声をかける。

「ああ、ごめん」

資料の束を手に取り、行こうとする洸人のお尻に美央が手を伸ばす。

「シールついてますよ」

貼られていたライオンのシールを剝がし、見せる。

「お、おう。サンキュ」


高田と佐伯は風俗店が林立する繁華街を歩いている。

「ここ、さっき通りましたよ」と佐伯に言われ、高田は周囲を見回した。煽情的でド派手な看板がそこかしこに並んでいて、自分がどこにいるのかわからなくなる。

欲望の迷宮――これだから東京ってやつは……。

パトロール中の制服警官が通りがかったので、これ幸いと声をかける。

「あのー、すいません。山梨県警の者ですけど」と警察手帳を出し、「これって、この辺りで合ってますよね？」とスマホを見せる。画面には愛生の写真が掲載されたネット記事が表示されている。

「あ、この人」

「え？」


開店前のキャバクラ『ジリオネアＴＯＫＹＯ』のフロアで盗犯係の刑事、有澤賢が店長に聞き込みをしている。

そこに高田と佐伯が入ってきた。

「あのー、横からすいません。ちょっと店長さんにお話をおうかがいしたんですが……」

いきなり現れたふたりに、有澤が怪訝な視線を向ける。

「あなたは？」

「あ、申し遅れました。山梨県警の高田です」と高田が警察手帳を出し、佐伯も続く。

「佐伯です」

高田は店長に愛生のネット記事を見せ、訊ねた。

「あのー、この方ってご存じですか?」

「ええ」と店長はうなずいた。「うちで働いてる田中ですね」

「田中……」高田はなるほどといった表情をしている。

店長は有澤へと顔を向け、言った。

「財布盗んで逃げたの、彼女ですよ」

「えっ……?」

有澤は慌てて高田のスマホへと視線を移す。

「田中はおそらく偽名ですね。本名は橘愛生。山梨で行方不明になっている女性です。我々も彼女を捜していまして、その……窃盗事件の捜査に同行させてもらっても?」

有澤はすばやく頭を回転させる。山梨県警の情報をもらいながら捜査したほうが効率はいいだろう。

「まあ、お好きにどうぞ。くれぐれも邪魔はしないでいただきたい」

「ありがとうございます!」と高田の後ろにいた佐伯が礼を言い、キョロキョロと店内を見回しはじめるが、高田はじっと何かを考えている。

夜、洸人が台所で洗い物をしていると、「洸人、見てー！」とライオンがやってきた。手には折り紙を持っている。

「おお、上手だね。チューリップ？」

「うん！」

「昔、うちの庭にもいっぱい咲いてたよ。これ、くれるの？」

「あげない」

そんなふたりのやりとりを美路人がカーテンを少し開いて部屋からうかがっている。

「じゃあ、誰にあげるの？　みっくん？　寅じい？」

「ひみつー！」

楽しそうに言うと、ライオンは居間へと戻っていく。

「……」

遊び疲れたライオンが和室で眠ったので、洸人は洗濯にとりかかった。ガタガタと洗濯機が脱水している間、ライオンのスマホで新たなメッセージを打ちはじめる。

『生きているなら連絡ください』

送信を終えたとき、美路人が洗面所にやってきてもじもじしている。何か言いたげに見つめる美路人に洸人が訊ねる。

「なに？」

「僕とお兄ちゃんのお姉ちゃんです」

「ん？」

「ライオンのお母さんは、僕とお兄ちゃんのお姉ちゃんです」

気づいてたんだ……。

「ごめん……ちゃんと言えてなかったよね。みっくんもわかってたんだ」

「怖いです。怖いです」と美路人は繰り返す。

姉にされた数々の仕打ちを思い出したのだろう。美路人からしたらあんなに優しかった母にも冷たくあたっていた姉は、とてつもなく恐ろしい存在なのだ。

「お姉ちゃんは怖いです」

「昔のこと、思い出した？」

「き、危険です。ライオンが危険です」

洸人はパニックになりかける美路人を抱き寄せ、背中を叩いて落ち着かせる。

「落ち着いて。大丈夫、大丈夫……」

「うう、うう、うう……」

ゴーグルをつけ、少し落ち着きを取り戻すと、美路人は居間へと戻っていく。

いつの間にか脱水は終わっていた。洸人はフタを開け、ライオンの衣類を取り出す。

驚くほど小さなTシャツ、小さなパンツ。あらためてライオンがまだ小学校にも行っていない小さな子どもだと気づかされる。

姉は本当にこんな小さな我が子を虐待して捨てたひどい母親なのか？

よく見ると、シャツやタオルの一つ一つにライオンのワッペンが丁寧に縫いつけられている。

それとも、何か深い理由があるのだろうか……。

※

市役所内の休憩スペースで、洸人がライオンのスマホを見つめている。昨夜送ったメッセージにまだ返信は来ていない。

ため息をついたとき、隣からさらに大きなため息が聞こえてきた。「はぁ～～～!!」ともう一度。明らかに気にかけろというサインだ。面倒くさそうに洸人が訊ねる。

「なに？」

　待ってましたとばかりに貞本が話し出す。

「妻が三人目の出産で今日から実家に帰ったんだけどさー、子どもたちがもう朝から泣いて泣いて。パパいるから大丈夫だっつってんのに、もう大号泣よ！」

「嫌われてんの？」

「ちっげえええよ！」と貞本はムキになって否定する。「あの年頃はママ、ママなの。ママが絶対なの！」

「へえ……」

「そう考えたら、あの子は偉いよな。お前んとこの預かってる子。ママいなくてもぐずったりしてねえんだろ？」

「まあ、うん……」

「はぁ～……夜もまた泣かれんのかなぁ……」

「……」

　小さなテーブルとテレビしかない狭いビジネスホテルの部屋で、ベッドに腰かけた愛生が虚空を見つめている。

「……」

ドンドンというノックの音が、愛生を現実に引き戻す。一瞬ビクッとしたあと、愛生はおそるおそるドアの覗き穴に目を近づける。魚眼レンズの向こうに無表情の柚留木の姿が見える。

チェーンを外し、愛生はドアを開けた。つかつかと部屋に入るや、柚留木は窓際まで進み、カーテンを閉じた。

「カーテンは閉めて」

「……」

空間が閉鎖されると、愛生はだんだんとこの部屋が監獄のように思えてきた。

テーブルの上に食料品が入った袋を置き、柚留木は愛生を振り向く。

「もし今あなたが捕まれば、この計画はすべて水の泡です」

「……ねえ、スマホ貸して」

「連絡とってどうする気ですか」

言葉に詰まる愛生に、柚留木は言った。

「指示するまで、ここを動かないように」

部屋を出ていく柚留木を、愛生は不満げに見送る。

子ども支援課でおもちゃを片づけているとスマホが震えた。柚留木だ。美央はスマホを手に取ると人目につかない廊下に向かう。

「あの、仕事中なんで困りますし……もうかけてこないでもらえませんか」

反応がないので、美央は焦る。

「もしもし？」

「そうやってまた、見殺しにするんですか？」

「……え？」

ライオンの脇腹の痣と昔の保育士時代の記憶がフラッシュバックし、美央は言葉が出てこない。

「これから言うことをよく聞いてください」

感情のこもらない口調で出される指示を、美央が鬱々とした気持ちで聞いている。

とら亭のカウンターに並んだ洸人、美路人、ライオンの三人の前に寅吉が今夜のメニュー、コロッケを出す。

「みっくん、マヨネーズ取って！」

しかし、美路人はコロッケを見つめたまま動かない。

「みっくん？」

怪訝そうに美路人をうかがうライオンに、「はい、マヨネーズ」と洸人が代わりに渡してあげる。

「ありがとう！」

コロッケを前に固まっている美路人に、洸人と寅吉も声をかける。

「みっくん、食べないの？」

「どうした？　好きだろ、コロッケ」

押し寄せる不安をどう表現していいのかわからず、美路人は次第に苛立ちはじめる。

「う、うう……」

パニック寸前の美路人の様子に、洸人が慌てて訊ねる。

「持って帰って、あとで食べる？」

「ああ、そうするか」とカウンターの向こうで寅吉もうなずいてみせる。

しばらく葛藤した美路人が苦しそうに答える。

「食べます」

ソースを手に取り、それをコロッケにかけようとする。しかし、プラスチック容器を思い切り握ってしまい、勢いよく飛び出したソースがテーブルに置かれていたライオンのぬいぐるみに跳ねてしまった。

「あっ‼」

「あ、あ、ソースがぬいぐるみにつきました！」

ソースを手にしたまま立ち上がり、辺りをぐるぐると回り出す美路人。

すぐに寅吉が身を乗り出し、「それ貸してみろ。洗ってやるよ」とカウンターから手を伸ばす。

「いい！」とライオンは慌ててぬいぐるみを抱き寄せる。

「すぐ洗ったほうがいいよ、ほら」と洸人もライオンに手を差し出す。

「このままでいい！」

渡すものかとライオンはぬいぐるみを抱きしめる。

その頑なさが洸人は少し気になった。


翌朝、階下から響いてきた美路人の叫び声で、洸人はベッドから跳び起きた。

「えっ、なに、なに……⁉」

階段を駆け下り、居間に入ると床に美路人の服や下着、タオル等が散らばっていた。

「えっ……!?」

一つ一つそれらを手に取り、美路人は確認していく。

「今日から東京です。東京に出張です。一つ泊まります」

「あ、そうだった」と洸人は思い出す。「こないだ船木さんからメール来てたね。昨日言ってくれたら手伝えたのに」

なんでこんな大事なことを忘れていたのだろう。以前なら美路人が一泊旅行するとなったら、出発直前まで気を揉んで、あれこれと口出ししていたはずだ。ところが今はライオンと姉のことで頭がいっぱいで、ほかのことはすぐに抜け落ちてしまうような気がする。

「確認しています。タオル、シャツ、ブラシ、絵の具、ブラシ――」

「一緒にやろうか。船木さんは何時に来るの?」

「7時です。船木さんは7時に来ます」

時計を確認すると7時まであと五分もない。

「おおお、すぐじゃん。パジャマは? 入れた?」とリュックを覗き、「入れてないじゃん」と洸人は天を仰ぐ。

そこに動物図鑑を手にしたライオンがやってきた。

「これは？」

「うん、いらないね」と軽く流し、洸人は美路人に訊ねる。「みっくん、歯ブラシは？」

「ブラシ、ブラシ……」

筆入れの中から絵画用のブラシを出そうとしている美路人に、「違う違う」と洸人は慌てて訂正する。「歯ブラシ！」と美路人の手から絵画用のブラシを取り上げる。

「ぼくのハンカチ使う？」と今度は自分のハンカチを差し出してきたライオンを、「大丈夫、大丈夫」と受け流し、美路人のほうを見るとプチパニックになっていた。

「あ、あ、6時58分です！　あと二分です！」

「歯ブラシ。みっくん、まず歯ブラシ！　ライオンはストップ！」

そのとき勢いよく歯ブラシを持ってきたライオンが、落ちていたチューブを踏み、真っ赤な絵の具が床にまき散らされる。

「あ――――っ！！！」

テーブルに運ばれてきたトマトパスタを食べながら、美央が洸人の話を聞いている。

「それで、準備は間に合ったんですか？」

「なんとか、ギリギリ」

「絵のお仕事で出張って……すっかり売れっ子アーティストですね」

　少し誇らしげにうなずき、洸人は言った。

「今日は泊まりだから、夜はライオンとふたり」

「……ライオンくんは、その後どうですか？」

「おかげさまですっかり元気になったよ。誕生日会、盛り上げてくれてありがとう」

「なんかホントの家族みたいですね。もう、ずっと一緒に暮らしたらいいんじゃないですか？」

「いやいや、ライオンのお母さんは生きてるし……もし会えるなら、会わせたほうがいいのかなって……」

「……それ、危なくないですか？」

　料理を食べていた美央の手が止まる。

「そうかな」

「だって、私もあれ見たじゃないですか。あの痣……虐待の疑いがあるって話、しましたよね？」

「ん……ライオンは会いたそうにしてるけど」

「それが怖いんですよ」と美央は語気を強めた。「虐待があっても子どもは親をかばったり、会いたいって言うんですって」

「……でもライオンが持ってきたものを見ると、一つ一つ丁寧に刺繍がしてあるし、お母さんに折り紙も習ってたみたいだし……ずっと見てると、親の愛情みたいなものを感じるんだよね」

「でも、小森さんに勝手に預けて放置してるんですよ」と美央は譲らない。「私だったら簡単に会わせたくないです」

「……そっか。まあ、そうだよね」

美央のもっともな意見に、洸人の姉に対する思いがまた揺らいでしまう。

洸人が美央との昼食を終えて市役所に戻った頃、美路人は船木とともに東京、東中野にあるスターライト書房の会議室にいた。ふたりに相対しているのは、この仕事を依頼してきた編集者の杉山華(すぎやまはな)だ。

杉山はゲラを見せながら、仕事内容を説明する。

「今回小森さんにお願いしたいのは、たくさんの動物と一緒に暮らす家族に密着したエッセイの挿絵なんです」

美路人はそわそわしながら話を聞いている。

「先日、あさがお動物園の展示会を拝見しまして、ぜひ小森さんにお願いしたいと思ったんです」

「ありがたいです。ね、みっくん」と船木は美路人をうかがう。

美路人はうれしそうにニヤニヤしながらも、恥ずかしさを隠すためトロフィーや絵画が飾ってある会議室内をキョロキョロと見回している。

「いろんな動物の家族をイラストにしていただきたくて」

「家族……」

ボソッとつぶやく美路人に杉山が訊ねる。

「今、お兄さまと暮らしてらっしゃるんですよね」

「ライオンも一緒です」

美路人の答えに杉山は驚く。

「……え？　ライオンって、あのライオンですか？」

「あー……いや」

どう説明しようか船木が迷っているうちに美路人が続ける。

「六歳のライオンです」

「六歳って、かなり大きいですよね。危なくないですか？」

「危ないです。暴れることもあります」

「ええっ……！」

「あ、なんか誤解が広がってます」と船木は頭をかく。

「ライオンはプライドの仲間です。ライオンは、ライオンは、家族で、ライオンは——」

「うんうん、大切な家族なんだよね」

美路人にうなずき、船木は杉山に言った。

「こんなふうにすごく家族思いなので、きっとこの本にふさわしい素敵なイラストを描いてくれると思います」

杉山はすっかり感心してしまったようで、畏敬のまなざしを美路人に送る。


夕食を終えた洸人とライオンが和室で洗濯物を畳んでいる。

「なんか、みっくんがいないと変な感じだね」

「さみしい」とライオンが洸人に返す。

「みっくんも今頃、ライオンがいなくて寂しいって思ってるかもよ」

「いつ帰ってくるの？」

「明日帰ってくるよ」

「お土産買ってきてくれるかな？」

「どうかな。あとで連絡しとくよ」

「うん」

ライオンの服を畳んでいると縫いつけてあるワッペンが目に入った。

「ねえ、ライオン」

「……ん？」

「お母さんは？　会えなくて寂しい？」

洸人から目をそらし少し考え込んだあと、つぶやくようにライオンが言った。

「……約束だから」

「約束？」

「なんでもない！」

ギュッと口を結ぶライオンを見て、洸人はそれ以上の追及をやめた。

ふたりは黙々と洗濯物を畳んでいく。

二階の自室に戻った洸人はライオンのスマホを手に取り、愛生に向けてメッセージを打ちはじめる。『ライオンはあなたに会いたがってます』と打ち、少し考えて打ち直す。

『ライオンは今日も元気です』

送信し、ふぅと一つ息をついた。

ホテルの部屋で窓の外を見つめながら、苛立ったように愛生がつぶやく。

「……どうすればいいのよ」

自分が生きていることがこんなに早くバレるなんて想定外だった。ここを動かないようにと柚留木は言うが、焦りは募るいっぽうだ。

とりあえず、自分が今どういう状況に置かれているか知りたい。自分の生存がバレているとなると愁人のことも心配だった。

愛生はテーブルに置かれた施設案内を手に取った。目的のものがあると知り、ドアのほうへと向かう。ドアを細く開け、廊下に人がいないのを確認してから、部屋を出た。

ロビーの片隅にそれはあった。宿泊客が利用できるパソコンだ。

周囲を警戒しながら、愛生はブラウザを開き、自分に関するニュースを検索する。

生存を伝えているのは週刊真相のウェブ記事だった。ご丁寧に歌舞伎町を歩く自分の写真まで掲載されている。

記事に目を通したあと、つい気になってコメント欄も見てしまう。

『ネグレクトの末に息子を殺した？』『絶対、殺してるでしょ』『警察は何やってんの？』

『居場所はつかんでるらしい』『極刑を望む』『許せない。早く捕まえて』……。

ひどい言われようだ。

現状を把握し、愛生はますます追いつめられていく。

※

指定された喫茶店に入ると、奥のテーブルにいた高田が手を上げた。隣には佐伯の姿もある。楓はふたりの正面に座る。

「急にお呼びしてすみません」

「私からいつも逃げてる高田さんが、珍しいですね」

「記事を見たんですよ。橘愛生の居場所、つかんでるんですか？」

さっそく高田が切り出した。

「だとしたらなんですか？」

「教えてくださいよ」

「いやいや」と楓は苦笑する。「私はこれと引き換えに情報をいただく立場ですよ」と
楓はスマホをテーブルに置く。高田の半裸写真が待ち受け画面になっている。

「ちょっ、待ち受けにしないで。消して！」

「私も忙しいんで、何もないなら帰りますけど」

「そこをなんとか、ヒントだけでも……！」

「じゃあ、また飲みましょ」

楓は席を立ち、去っていく。

後ろ姿を目で追いながら、高田がつぶやく。

「……知らないか」

「やられっぱなしじゃないですか」と苦笑する佐伯に、高田は不敵な笑みを返す。

そのとき、ふたりのイヤホンに警察の無線が入った。どうやら被疑者の滞在するビジネスホテルが判明したようで、配備の指示だった。

「行こうか」

「はい」

ふたりは席を立ち、店を出た。

ノックもなしにいきなりドアが開き、愛生は息を呑む。すばやく部屋の隅に移動するが入ってきたのは柚留木だった。

「……びっくりした。なに？」

「ここを出ます」

「えっ？」

「警察が下にいる」

しかし、愛生はその場で固まったように動かない。

「何してるんですか、早く」

「……」

切迫した声に、ようやく柚留木のほうへと歩き出す。

ドアを開け、人目がないか確認したあとふたりは廊下に出た。周囲に目を配りながら柚留木が先を行き、愛生が続く。

「あの……」

声をかけられ、柚留木は立ち止まる。振り返った柚留木に愛生は言った。

「……今まで、ありがとう」

「は……？」

次の瞬間、愛生は柚留木の手からスマホを奪い、踵を返すとエレベーターホールに向かって駆け出した。

「!」

エレベーターの前で左に曲がり、愛生の姿が視界から消える。

慌ててあとを追おうとしたとき、チンと音がして下からのエレベーターが止まった。扉が開き、中から警察官たちが出てきた。

柚留木はそのまま警察官たちとすれ違い、何食わぬ顔でエレベーターに乗り込む。扉が閉まり、エレベーターはゆっくりと上昇していく。

愛生はたぶん非常階段を使っているだろう。こうなってしまったら、無事を祈ることしかできない。

和室から明かりが漏れているのに気づき、洸人はそっと襖を開けた。

「……ライオン?」

布団の上でアルバムを開き、ライオンは愛生と洸人の母である恵美のツーショット写真を見ていた。洸人の声に驚き、慌ててアルバムを閉じる。

「隠さなくてもいいよ。見たいときに見ていいから」

洸人はライオンの横に座ると、アルバムを開く。愛生の隣の女性を指さし、「これ……僕とみっくんのお母さんだよ」とライオンに教える。

「ふーん」

「優しい人だったな。家族を大事にする、温かい人だった」

「……」

「ライオンのお母さんは？」

「……優しい！」

洸人は微笑み、ふたたび写真に視線を落とす。

「……ふたりとも笑ってるね」

写真につられるように洸人とライオンからも笑みがこぼれる。


一階まで非常階段を下り、裏口からホテルを出る。狭い路地を選んで進み、十分ほど歩いたところで愛生は足を止めた。

エアコンの室外機が並ぶ路地裏の壁にもたれ、ポケットから取り出した煙草に火をつける。一服し、ようやく気持ちも静まってきた。

灰を地面に落としたとき、首もとのネックレスが目に入った。チューリップのペンダントヘッドに触れ、九年前の夏を思い出す。

「……愛生ちゃん？」

石段の下から小森家を見上げていたら、背後から声をかけられた。買い物袋をさげた恵美がこっちにやってくるのが見える。

とっさに立ち去ろうとする愛生に、「待って！」と恵美が叫ぶ。
二、三歩進んだところで、愛生の足が止まった。
食卓から居間のほうを見ている愛生に冷えた麦茶を出しながら、恵美が言った。

「全然変わらないでしょ？」

「……みんなは？」

愛生の向かいに座り、恵美が答える。

「洸人は東京の大学。みっくんは今日は支援学校に行ってて、お父さんは出張」

「……そう」

みんながいないことに愛生は少しホッとした。

「元気にしてるの？　ちゃんと食べてる？」

母親らしい優しい問いかけに口が開く。

「……私、今度結婚する」

「え、ホントに⁉　そう……おめでとう！」

「……それを言いたかっただけ」

立ち上がる愛生を、「あ、ちょっと待って！」と恵美が引き留める。

和室から細長い箱を持ってきた恵美が、愛生の前でそれを開ける。中にはチューリップの飾りのついたネックレスが入っていた。

「ずっとこれ、愛生ちゃんに渡したいと思ってたの」

「……え」

「大したもんじゃないけど、お母さんから」

どうリアクションしていいかわからず、愛生はぎこちなくそれを受け取る。

「……ありが、とう」

「何かあったら、遠慮なく頼っていいんだからね」

「……」

「みんな、あなたの家族なんだから」

愛生は小さくうなずいた。

「今日は来てくれてありがとう」と恵美が微笑む。

別れ際にはふたりで写真も撮った。どうしても大人になった愛生の写真がほしいというので、ほかの家族には絶対に見せないでと念を押し、一枚だけ撮らせてあげたのだ。

モニターで確認し、ふたりだけの家族写真ねとうれしそうに恵美は笑った――。

「……」

ネットカフェの個室に落ち着くと、愛生は柚留木から奪ったスマホの電源を入れた。新着メッセージが画面に現れる。

『ライオンは今日も元気です』

このスマホで洸人と連絡をとっていたんだ……。

ホーム画面には基本的なアプリしか表示されていなかったが、一つだけよくわからないアプリが入っていた。それをタップすると地図が表示され、その下に音声波形のようなものが現れた。

これは……。

眠ってしまったライオンの布団からぬいぐるみがはみ出ている。きちんと入れてあげようとぬいぐるみを持ったとき、硬い何かが洸人の手に触れた。

「……?」

それを探りながら、注意して見ると背中の部分にファスナーがついている。ライオンが眠っているのをもう一度確認してから、洸人はファスナーを開く。中にはメモ帳が入っていた。

洸人がゆっくりとメモ帳を開くと、最初のページには『ママとのやくそく！』と書かれている。姉の字だ。

「ママとの約束……」

『きみのなまえはライオンです。ライオンはいま、つよくなるためのぼうけんちゅうです』とゲームのように最初に設定のようなものが書かれてあり、ページをめくると具体的な指示が記されている。

『ひろと・みちとといっしょにくらす』

『1　ひろと・みちとがくるまで　げんかんのまえにいること』

『2　こまったら　トイレにいくこと』

『3　いっしょにくらしたいとおねがいすること』

『4　ママとパパのことをきかれたら　しらないということ』

洸人はライオンの寝顔を見ながら、突然家の前に現れた日のことを思い出していた。

書かれていた指示はすべて、これまでライオンがやってきたことだった。

次のページをめくるとライオンの絵が描かれ、吹き出しにはこんなセリフが書かれていた。

『ひゃくじゅうのおうみたいに　つよくなったら　むかえにいくね』

「……」

そのとき、ライオンの目がうっすらと開いた。

「……洸人？」

洸人は慌ててメモ帳を自分の背中に隠す。

『……洸人？』

いきなりスマホから聞こえてきた息子の声に愛生はハッとした。ボリュームを上げ、スマホに耳を近づける。

「……ごめん、起こした？」

ライオンは目をこすりながら、つぶやく。

「……怖い夢、見た」

「そっか……」

「怪獣が出たけど、逃げなかったよ」

「え……」

「百獣の王だから、倒した」

「すごいじゃん」

「だって」

「……ん？」

「強くなったら迎えに来てくれるって、約束したから」


スマホから聞こえてくる息子の健気な言葉に、愛生の目から涙があふれ出す。

愁人……。


「……偉いね」

洸人はライオンの頭に軽く手を置き、ポンポンしてあげる。

「ぼく……強くなった？」

「うん。すごく強くなった」

「ガオー……」

「ふふ……じゃあ、寝よっか」

「おやすみなさい」

「……おやすみ」

目を閉じたライオンの布団を整え、洸人はふたたびメモ帳を開く。

『ひゃくじゅうのおうみたいに　つよくなったら　むかえにいくね』

姉はいつ迎えに来ようと思っているのだろうか……。

そのとき、ポケットに入れていたライオンのスマホがピコンと鳴った。すぐに受信したメッセージを開く。

『愁人に会いたい』

「⁉……」

メッセージはさらに続いた。

『洸人、色々と巻き込んでごめん』

「……えっ⁉」

もしかして、今の会話を聞いていた……？

周囲を見回し、ふとライオンの枕もとのぬいぐるみに目が留まる。

これか……？

洸人はぬいぐるみを持って廊下に出た。ぬいぐるみに向かって小声で話しかける。

「もしかして、聞こえてますか？」

もちろん、ぬいぐるみからは反応はない。しかし、自分の声が愛生に届いていると信じ、洸人は続ける。

「ライオンに僕を預けた理由はなんですか？」

手の中でスマホがピコンと鳴った。

『6日　千葉マジカル遊園地のトラム広場に12時　愁人と来て』

※

翌日、美路人が出張から帰ってきた。

大きな紙袋から次から次へとお土産が出てきてライオンは歓声をあげる。「これ食べていい？」と東京名物のスポンジケーキに手を伸ばそうとするも、すばやく美路人に奪われた。

「これは僕のです」

「えええ、いいじゃん。ぼくも食べたい‼」

ライオンとお菓子を取り合っている美路人を「みっくん、ちょっと来て」と洸人が呼び出す。

二階の自室に美路人を招き入れると、洸人は話を切り出した。

「ライオンのことなんだけど」

「ライオンのこと」

「ライオンのママに……僕たちのお姉ちゃんに、会いに行こうと思ってる」

お姉ちゃんと聞き、美路人は急にそわそわしはじめる。

「お姉ちゃんは、怖い人です。怖いです」

「うん。今も怖い人かどうか、ちゃんと会って確かめたいんだ」

「ライオンを捨てました。怖い人です。あ、あ、あ……怖い人です。怖い人です」

「みっくん、聞いて」と落ち着かせるように体に触れるも、美路人の動揺は収まらない。

「あ、あ、あ、怖いです。怖いです」

「みっくん」

洸人は美路人の両肩に手を置いて正面から目を見据え、落ち着きはじめたところで話を続ける。

「ライオンはずっと、お母さんと会わない約束をしてたんだ。会いたいのをずっと我慢して、頑張ってたんだよ」

「……」

「でもやっとライオンはお母さんに会えそうなんだ。だから、お兄ちゃんも一緒に会いに行こうと思う」

「ライオンは……ライオンのお母さんと暮らしますか？」

「それはまだ、会ってみないとわからない。もしかしたら、そうなるかもしれないね」

「ううう……」

ライオンのことを思い、混乱してきた美路人は手で頭を叩きはじめた。

「みっくんもライオンのお母さんに会いに行こうよ」

「ママに会えるの？」

洸人と美路人が声に振り返る。いつの間にか扉が開けられ、部屋の入口にライオンが立っていた。もうごまかしても仕方がない。

「……うん」と洸人がライオンにうなずく。

「会いに行くよ」

ライオンは喜びを爆発させた。

「やった——!!　やった!!　やったぁああ！！！！　ママに会えるー!!」

いっぽう、美路人はまだ迷っている。

「……みっくんも一緒に来てくれる？」

「……」

ライオンがぴょんぴょん跳びはねながら、美路人に言った。

「一緒に行こうよ！」

そのうれしそうな顔を見て、美路人は言った。

「……行きます」

「ガオオオ――――!!」

ライオンの喜びの雄叫びが部屋中にこだまする。


約束の日。

ネットカフェの入ったビルの裏口から、周囲をうかがいながら愛生が出てくる。すぐに驚きで目を見開いた。行く手をさまたげるように柚留木が前に立ったのだ。

強い視線を向けられ、愛生も覚悟を決めた。

「息子に会いに行きます」

「……止めても無駄ですか」

「どうしても伝えたいことがあるから」

「わかりました。では、これであなたとの契約は終了です」

愛生はうなずき、スマホと携帯電話を柚留木に返す。

「……でもまだ、私はあきらめたわけじゃないから」

決意の表情を見せ、愛生はその場を去っていく。

その背中を柚留木がじっと見送っている。


洸人、美路人、ライオンの三人が駅に向かって歩いている。ライオンが背負ったリュックはパンパンにふくらんでいる。もしかしたら今日でお別れかもしれないので、衣類や勉強道具などをすべて詰め込んだのだ。

ライオンの手にはぬいぐるみのほかに、折り紙で作られたチューリップの花束を詰めた紙袋がある。洸人はその紙袋の中を覗き、「いっぱい作ったね」と言った。

「うん。全部ママにあげるの」

「そっか」

ウキウキと弾むように歩くライオンとは対照的に美路人はうつむき、視線を路面に向けたまま淡々と歩いている。

「みっくん、あの船まで競走しよう!」

岸に係留されている小船を指さし、「よーい、ドン！」とライオンが走り出す。

「あ、あ、危ないです。待ってください」

駆けていくふたりの背中に、洸人が声をかける。

「おーい、こけるなよー！」


駅前のロータリーに入ったとき、「ストップ、ストップ」と助手席から楓が叫んだ。

天音は慌ててブレーキを踏む。

楓の視線の先にあるのはバス停だった。洸人が二十代の青年と五、六歳の男の子と一緒に列に並んでいる。

目を細め、じっと見つめながら楓がつぶやく。

「あの子……誰？」

「……小森さんのお子さん？」

「いや……橘愛生の子どもだったりして」

「え、マジすか」

天音はカメラを構え、シャッターを切る。

三人がバスに乗り込み、やがてバスは発車した。

「ほら、あと追って」

「うぃー」

前を走るバスを見据える楓の口もとは自然とほころんでいる。

「……やっぱりな」

千葉マジカル遊園地は子ども用に特化された遊園地で、大規模なアトラクションはないが入園料も安かった。魔法使いの行列が奏でるトランペットの軽やかな音色が響いている。

ゲートをくぐり、園内に入るとすぐに大きな案内図があった。

「トラム広場……トラム広場……」

洸人よりも先に美路人が見つけ、「トラム広場です」と案内図を指さす。

ここからそれほど離れてはいない。五分も歩けば着くだろう。

時計を確認すると11時30分を少し過ぎたところだった。

「ちょっと早く着いたね」

「みっくんとあれ乗りたい！」とライオンが近くにあったアトラクションを指さす。空中に設置されたレールの上を自転車型の乗り物で進むアトラクションだ。美路人は嫌がることもなく、ふたりはアトラクションのほうへ歩いていく。

空中自転車に乗るふたりの笑顔を眺めながら、洸人は三人で過ごした日々を思い出す。

凪のような日常に突然巻き起こった小さな嵐に翻弄され、あり得ないほど感情が揺れ動いたが、案外悪くはなかった。

空中自転車の上ではしゃいだライオンがこっちに向かって手を振っている。黙って見ていると、さらに激しく手を振る。

「なんなんだよ……疲れるなぁ……」と苦笑しながら、洸人は手を振り返す。

そう、悪くはなかった。


約束の五分前になり三人はトラム広場へと向かう。シンボルの観覧車が見えてきて、三人の表情も緊張しはじめる。

ふと美路人が立ち止まった。

「みっくん?」

「……僕は行きません」

固く結ばれた唇を見て、「わかった」と洸人がうなずく。

「ひとりであのベンチに座って待てる?」と広場の手前にあるベンチを目で示す。

「お姉ちゃんに会いません。ベンチに座って待ちます」

そう言って、美路人はベンチのほうへと歩いていく。

美路人をベンチに残し、洸人とライオンはトラム広場の中央に立った。メリーゴーラウンドがすぐ近くにあり、その隣には観覧車。大勢の親子連れが行き交っている。

腕時計で時間を確認するとあと一分で12時だ。

「もうすぐだね」

洸人がライオンに言ったとき、汽笛が鳴った。向こうからやってきた園内列車がふたりの前を通過していく。

「あ……」

ライオンが何かを発見したように声を漏らした。

「ん?」と洸人がライオンの視線を追う。

列車がへだてるその先に、愛生が立っていた。

「ママ……」

ライオンの足が勝手に動き出す。

手をつないでいた洸人も慌ててあとを追う。

そのとき、愛生もふたりに気がついた。

「……愁人」

ライオンの顔に笑みが広がり、体いっぱいに手を振る。それを見て、愛生も微笑む。

ゆっくりと園内列車が通りすぎ、母子をへだてるものはなくなった。

ライオンは洸人の手を離すと、駆け出した。

「ママー!!」と叫ぼうと大きく口を開けたとき、生け垣の陰から誰かが飛び出してきた。

背後からライオンの口をふさぎ、体をつかまえる。

驚いたライオンの手から手さげ袋が落ち、折り紙で作ったチューリップの花束が地面に散らばる。

一瞬の出来事に、洸人は何が起こったのかよくわからない。

ライオンの口をふさいで抱きかかえ、ふたたび生け垣の裏に隠れたのは美央だ。

「……えっ⁉」

視線を愛生のほうに戻すと、いつの間にか彼女は複数の男たちに囲まれていた。有澤が率いる新宿署の盗犯係一行と山梨県警の高田と佐伯だ。

有澤が愛生の前に出る。

「橘愛生さんですね」

「……」

「窃盗の件と……あとほかにもお話うかがいたいので、署までご同行願えますか?」

愛生は抵抗することなく、うなずいた。

連行されていくその去り際、愛生は洸人に意味ありげな視線を送った。

「……?」

すぐに背を向け、警察官たちと一緒に去っていく。

「……ママ……」

くぐもったライオンの声に、ハッと洸人は振り返った。

美央の腕の中に手で口をふさがれたライオンがいる。

「ママ——!! どこに連れてくんだよぉおお!!! うわぁあああっ!!!」

ライオンの叫びは美央の手でふさがれ、不明瞭な音にしか聞こえない。美央は自分の感情を必死に抑え、抗うライオンを抱きしめている。

少し離れたベンチの前では、美路人がこっちをうかがっている。

一体何が起こっているのかわからず、固まっている。

「ママぁあああ!!!!!」

美央の腕の中で泣きじゃくるライオン。連行されていく愛生の姿。散らばったチューリップの折り紙を拾う美路人。洸人はこの状況に理解が追いつかない……。

今頃は母親に会えていたはずのライオンに、どんな言葉をかけていいのかわからず、洸人は呆然と立ち尽くしていた——。

※

窃盗の件の取り調べが終り、高田が取調室に入る。

デスクの向こうでうつむく愛生の正面に座り、おもむろに口を開く。

「いろいろと聞きたいことはたくさんあるんですけど……えーっと、何からいきましょうか」

愛生はゆっくりと顔を上げた。

「私が殺しました」

「……え？」

「……私が息子を、殺しました」

――下巻に続く

CAST

小森洸人（こもりひろと）……………柳楽優弥

小森美路人（こもりみちと）…………坂東龍汰

牧村美央（まきむらみお）……………齋藤飛鳥

ライオン……………………佐藤大空（たすく）

高田快児（たかだかいじ）……………柿澤勇人

須賀野（すがの）かすみ………入山法子

貞本洋太（さだもとようた）……………岡崎体育

天音悠真（あまねゆうま）……………尾崎匠海(INI)

船木真魚（ふなきまお）……………平井まさあき(男性ブランコ)

小野寺武宏（おのでらたけひろ）…………森 優作

工藤 楓（くどうかえで）………………桜井ユキ

X…………………………岡山天音

吉見寅吉（よしみとらきち）……………でんでん

橘 祥吾（たちばなしょうご）………………向井 理

橘 愛生（たちばなあおい）………………尾野真千子

TV STAFF

脚本……………………………徳尾浩司
　　　　　　　　　　　　　一戸慶乃

音楽……………………………青木沙也果
主題歌…………………………Vaundy「風神」
　　　　　　　　　　　　　(SDR/Sony Music Labels Inc.)

編成プロデュース………松本友香
プロデュース……………佐藤敦司

演出……………………………坪井敏雄
　　　　　　　　　　　　　青山貴洋
　　　　　　　　　　　　　泉 正英

製作著作……………………TBSスパークル
　　　　　　　　　　　　　TBS

BOOK STAFF

脚本……………………………徳尾浩司　一戸慶乃
ノベライズ……………………蒔田陽平
カバーデザイン・イラスト…平本健太
カバーデザイン……………市川晶子(扶桑社)
DTP……………………………Office SASAI
校正・校閲…………………小出美由規
編集……………………………木村早紀　井関宏幸(扶桑社)
制作協力……………………田中明日香(TBSスパークル　ドラマ映画部)
出版コーディネート………六波羅 梓(TBSグロウディア　ライセンス事業部)

金曜ドラマ
ライオンの隠れ家(上)

発行日　2024年12月5日　初版第1刷発行
　　　　2024年12月30日　　　第2刷発行

脚　　本　徳尾浩司　一戸慶乃
ノベライズ　蒔田陽平

発 行 者　秋尾弘史
発 行 所　株式会社 扶桑社
〒105-8070 東京都港区海岸1-2-20　汐留ビルディング
電話 (03) 5843-8843(編集)
(03) 5843-8143(メールセンター)
www.fusosha.co.jp

企画協力　株式会社TBSテレビ
株式会社TBSスパークル
株式会社TBSグロウディア

印刷・製本　中央精版印刷株式会社

定価はカバーに表示してあります。

造本には十分注意しておりますが、落丁・乱丁(本のページの抜け落ちや順序の間違い)の場合は、小社メールセンター宛てにお送りください。送料は小社負担でお取替えいたします(古書店で購入したものについては、お取替えできません)。

なお、本書のコピー、スキャン、デジタル化等の無断複製は著作権法上の例外を除き禁じられています。本書を代行業者等の第三者に依頼してスキャンやデジタル化することは、たとえ個人や家庭内での利用でも著作権法違反です。

© TBSスパークル／TBS
©Yohei Maita 2024
Printed in Japan
ISBN 978-4-594-09927-5